KB114166

의원귀환

FANTASTIC ORIENTAL HEROES
성상영 新무협 판타지 소설

의원귀환 2

성상영 新무협 판타지 소설

초판 1쇄 찍은 날 § 2014년 2월 26일
초판 1쇄 펴낸 날 § 2014년 3월 6일

지은이 § 성상영
펴낸이 § 서경석

편집부장 § 권태완
편집책임 § 박가연

펴낸곳 § 도서출판 청어람
등록번호 § 제1081-1-89호
등록일자 § 1999. 5. 31
어람번호 § 제2-2472호

주소 § 경기도 부천시 원미구 부일로 483번길 40 서경B/D 3F (우) 420-822
전화 § 032-656-4452팩스 § 032-656-4453
http://www.chungeoram.com
E-mail § chungeorambook@daum.net

ISBN 979-11-5681-906-6 04810
ISBN 979-11-5681-904-2 (세트)

성상영 新무협 판타지 소설

의원귀환

滿員補選

2

FANTASTIC ORIENTAL HEROES

도서출판 청람

第一章

어, 지금 만나면 안 되는데?

인연이라는 것은 예측하기가 몹시도 어렵다.

강호야사 제갈곡

의원귀환

강호인의 싸움.

　그것만큼 더러운 것도 없다는 것은 장호도 잘 알고 있었다.

　작은 일로도 원한을 가지게 되고, 복수를 한답시고 십 년이 넘게 따라다니는 자가 허다하다.

　원한은 바위에 새기고 은혜는 강물에 새긴다고 했던가.

　강호인이라는 것이 대부분 그런 작자가 태반이었다.

　때문에 장호는 조용하고 은밀하게 싸움 소리가 나는

곳으로 접근했다.

다행인지 불행인지 강호인들은 서로 싸우느라 바빠서 그의 접근을 알아차리지 못했다.

장호는 적당한 은폐물 뒤에 숨어 강호인들의 싸움을 볼 수 있었다.

휘잉―

사실 고요했지만 장호가 느끼기에는 묘한 바람이 부는 것만 같았다.

그만큼 장내에는 긴장감이 흘렀다.

한 명의 흑의 복면인은 늑골을 부여잡은 채로 신음을 흘리며 쓰러져 있었다.

거기에 두 명의 흑의 복면인이 마치 사냥감을 노리는 늑대나 이리처럼 한 명의 소녀를 중심으로 좌우에서 빙글빙글 돌고 있는 것이 보였다.

저런 종류의 전투 경험이 많으리란 것은 저 모습만 보아도 쉽게 알 수 있다.

좌우에서 상대의 신경을 분산시키는 것은 상당히 효율적인 전투법이니까.

그런데 이상하게 장호는 그 중심에 선 소녀가 몹시 신경 쓰였다.

어디선가 본 듯한 얼굴이었던 탓이다.

거리가 조금 되지만, 그간 유가밀문의 체법으로 몸을 단련하여 시력이 정상인의 수준을 크게 웃돌았기에 자세히 볼 수가 있었다.

석류처럼 붉은 입술은 생명력과 요염함으로 가득 차 있는 듯했고, 그 머리카락은 고운 검은색 비단같이 부드럽고 아름다워 보였다.

눈동자는 흑요석처럼 반짝이고, 그 눈매는 마치 고양이 같아 색정적인 느낌이 물씬 풍겼다.

피부는 우윳빛처럼 뽀얗고, 잡티 하나 없어서 마치 하나의 예술품을 보는 듯한 기분을 가지게 하였다.

이제 겨우 십육 세 정도로 보이는 소녀. 그런데도 몹시 낯이 익었다.

장호는 곰곰이 생각했고, 이내 떠올렸다.

여이빙!

혈암요녀 여이빙이다!

그녀가 왜 이곳에 있단 말인가?

장호는 일순 혼란에 휩싸였다.

전생의 그가 강호에 출도했을 때였다.

정파라고 자처하지만, 사실 위선자에 불과한 어느 문파의 문주에게 겁박당하던 그녀를 구해준 적이 있었다.

그녀는 그 당시에도 장호보다 고강한 무공을 가지고 있었다.

그러나 강한 무공만 가지고 고하를 가릴 수 있는 것이 강호가 아니었다.

그녀는 비열한 함정에 당하여 내공이 분산되는 산공독을 들이켜서 무공을 제대로 쓸 수 없는 상태였다.

그나마 다행인 것은 그 당시 장호의 무공만 가지고도 그녀를 구할 수 있었다는 점이다.

어쨌든 그녀를 구해주고 그녀가 혈암요녀라 불리우는 것을 알게 되었다.

얼마나 당황했던가.

구하고 보니 그녀가 혈암요녀라는 사실에.

혈암요녀에 관한 추문은 강호에 가득 찬 상태였기에 그 당시 장호는 그녀를 좋게 보지는 않았다.

그러나 그녀는 소문과는 다른 당차고 신의 있는 사람이라는 것을 알게 되기도 했다.

그 이후로 그녀와 장호는 나름의 친분을 가졌고, 서로 도와주는 사이가 되기도 했었다.

그것도 오래전의 일이다.

전생에서 황교의 조사를 하러 떠나기 전에도 한 일 년은 제대로 보지 못했었다. 그런 그녀가 왜 여기에 있을까?

전생의 장호는 몰랐을 뿐, 그녀는 본시 이 마을에서 저리 습격을 당할 운명이었던가?

그러나 전생에서 만났던 그녀는 무사했었다.

그렇다면 내가 그녀를 도와야 하는가? 아니면 돕지 말아야 하는가?

어차피 자신이 과거로 돌아왔기에 미래가 달라질 거라는 것 정도는 짐작하는 바다.

다만 지금 여기서 그녀를 돕는 것이 그녀에게 나은 선택인지 알 수가 없다는 것이다.

게다가 지금 장호가 끼어들지 않으면 그녀는 십중팔구는 당하게 생겼다.

아무리 상황을 살펴보아도 빠져나갈 구석이 없어 보였기 때문이다.

어떻게 할까?

그렇게 고민하면서 지켜보는 사이에 두 명의 복면인이 기회를 보아 여이빙 그녀에게 사납게 달려드는 것이 보였다.

그에게는 더 고민할 여유가 없었다.

지금 이 순간 공격하지 않으면 도움이 되지 않아.

아직 도울 생각이 없던 장호다.

하나 워낙 위급하게 상황이 돌아가는 탓에 그는 달려드는 그들을 향해 본능적으로, 그리고 무의식적으로 품 안에 넣어두었던 비수를 꺼내어 쏜살같이 던졌다.

별다른 계산 없이, 기회가 지금뿐이기에 본능적으로 그녀를 돕고 만 것이다.

하지만 장호는 단검을 던진 그 순간, 이왕 이렇게 된 것 그녀를 도와야겠다고 결심하게 되었다.

우발적인 행동이었다.

그러나 그것은 그에게 옳다고 생각되었던 탓이다.

*   *   *

쐐애액.

두 흑의 복면인이 달려드는 그 절묘한 순간에 날아든 한 자루의 단검.

그것은 우측에서 달려오던 흑의 복면인에게로 날아들었다.

흑의 복면인은 그 단검을 쳐내기 위해서 급히 몸을 뒤틀어야 했다.

일류라고는 하지만 그 능력은 분명 절정고수와는 다르다.

절정고수가 소리와 기척만으로도 어떤 것이 어느 방향에서 날아오는지 알 수 있다면, 일류무사는 겨우 소리를 듣고 알아차리는 정도다.

때문에 우측의 흑의 복면인은 소리를 듣자마자 몸을 틀어 단검의 위치를 확인했고, 격하게 팔을 움직여 단검을 튕겨내야 했다.

단검을 막는 데는 성공한 흑의 복면인이다.

하지만 그의 움직임은 완전히 꼬여 버렸고, 한 차례 몸을 흔들고서야 겨우 균형을 잡을 수 있었다.

그 황금 같은 찰나의 순간을 여이빙 정도의 고수가 놓칠 리가 없었다.

우측의 당황한 흑의 복면인을 향해 비호처럼 달려든 것이다.

퍼억!

우측의 흑의 복면인은 일순 여이빙의 움직임을 놓칠 수밖에 없었다

급하게 단검을 쳐내기 위해서 어쩔 수 없었던 것이다.

그러나 그 결과는 그의 죽음으로 나타났다.

여이빙의 비수를 들고 있는 손이 그의 정수리를 단번에 때렸기 때문이다.

비수가 정수리를 꿰뚫고 그의 뇌를 헤집었다.

그가 믿을 수 없다는 듯이 눈을 부릅뜨며 쓰러지는 그 순간, 여이빙은 비수를 쥔 손을 놓고 뒤로 빙글 돌았다.

빙글 돌며 다른 손에 들고 있는 비수를 던지니, 마치 뇌전처럼 날아갔다.

그리고 좌측에서 달려오고 있던 흑의 복면인은 크게 놀라 검으로 비수를 쳐내야 했다.

이제 단둘이 남았다.

내력이 충만한 일류고수 하나.

내력도 거의 바닥이고 지칠 대로 지친 절정고수가 하나.

누가 이길까?

"크윽!"

흑의 복면인은 이를 갈았다. 그들에게는 실패란 용납되지 않는 일이었다. 실패한 이는 처분당한다.

처분.

즉, 죽음을 뜻하는 것.

실패하면 죽는다. 그것은 십 할의 확률이다.

하지만 지친 고수를 상대하는 것은 살 가능성이 그나마 있다.

혼자 남은 흑의 복면은 눈을 데룩데룩 굴리다가 무언가 결심한 듯 여이빙을 뚫어져라 노려보았다.

"으아아아압!"

흑의 복면인은 괴성을 지르며 달려왔다.

그의 두 다리는 그가 평생 수련한 보법을 구현하며 움직였고, 늑대처럼 달려든 그는 검을 들어 그녀의 사혈을 공격해 들어갔다.

생포에서 사살로 생각을 바꾼 듯했다.

그의 검은 독사 같았다.

영활하고, 교활했으며 미끄러지듯이 움직이며 찔러들어 오고 있었다.

베기보다는 거의 찌르기만을 하는 편파적인 검법.

그러나 여이빙은 침착했다.

검끝을 차분히 바라보고 최소한의 움직임으로 검의 공격을 피해냈다.

하나, 둘, 셋, 넷.

지금이다.

흑의 복면인의 공격에서 틈이 드러났을 때, 그녀의 새하얀 섬섬옥수가 뻗어져 나갔다.

그리고 그녀는 비어 있는 그의 옆구리를 정확하게 가격했다.

쩌어억!

박이 쪼개는 소리가 났다.

흑의 복면인이 입으로 피를 토하며 옆으로 날아가 거꾸러진다.

그것으로 끝이었다.

그는 몇 번 피를 쿨럭거리며 토하더니 이내 절명하고 말았다.

남은 것은 방금 전에 늑골이 부러지며 날아가 신음하고 있는 이뿐이다.

그녀는 그쪽으로 걸음을 옮겼다.

"정말이지, 이런 위협을 당한 것은 오랜만이네요. 누가 보냈죠? 아니지, 어디서 보냈나요? 누가 저를 잡아 오라고 시켰는지 말해보실래요?"

그녀는 아직 살아 있는 흑의 복면인에게 다가가 생긋 미소 지으며 물었다.

분노와 고통이 섞여 있는, 어린 소녀가 지을 법한 미소가 아니었다.

그리고 그 미소는, 위험하지만 몹시 아름다워 넋을 잃도록 만드는 것이기도 했다.

"죽, 죽여."

"말해줄 생각은 별로 없나 보네요. 그럼 잘 가요."

퍽!

소녀의 발이 흑의 복면인의 목을 눌러 부러뜨려 버렸다.

여이빙은 현재 내상을 입은 상태였기에 그를 바로 죽여 버린 것이다.

습격을 당하고 격전을 치르며 겨우겨우 억지로 여기까지 왔다.

내력은 거의 고갈되어 억지로 힘을 쥐어짜 쓰던 참이다. 그러다 보니 내상까지 생겨났다.

사실 언제 쓰러져도 이상하지 않을 상황.

그렇지 않았다면 붙잡은 이 흑의 복면인을 고문해서라도 자신을 노린 이들에 대해서 알아냈을 터였다.

비록 그녀는 어리고 감수성이 풍부한 질풍노도의 시기이지만 그럼에도 불구하고 강호를 홀로 살아가기 위한 독심을 가진 것이다.

때문에 더 매력적으로 보였다.

마치 가시가 있는 장미처럼.

"자, 이제 저를 도와주신 분은 누구시죠? 소녀가 감사를 드리고 싶은데… 모습을 드러내 주시겠어요?"

그녀는 고개를 돌려 앙칼진 표정으로 단검이 날아온 방향을 바라보았다.

＊　　　＊　　　＊

피식.

쓴웃음이 장호의 입에 걸렸다. 그녀는 과거나 지금이나 그리 변하지 않은 듯했다.

아직 어리기에 조금은 빈틈이 많지만, 그럼에도 그녀의 성격은 전생에 봤던 것과 거의 같았다.

노련함과 완숙함.

그리고 이 강호에 대한 염세주의를 뺀 싱싱하고 젊은 그녀를 보는 기분은 장호에게는 무척이나 묘한 것이었다.

그녀와 처음 만났을 때에 그녀를 구해주었고, 그녀는 그 보답이라고 해야 할지 아니면 그녀 자신이 개방적인 사고방식을 가져서인지 모를 보은을 했었다.

그를 유혹하고, 살을 섞은 사이가 되었던 것이다.

그 이후로도 가끔은 그녀와 운우지정을 나누었다.

서로를 사랑한다고 말하기에는 무엇하지만 상당히 친밀한 사이가 된 것이다.

그런 그녀와의 관계는 지금까지도 장호에게 기이한 기분이 들게 만든다.

하지만 그것이 그녀의 삶이라는 것을 장호는 잘 이해하고 있었다.

강호는 평범한 세계가 아니다.

평범한 이들은 이해 못할 논리와 감정이 소용돌이치는 곳이 강호다.

때문에 장호는 그녀의 방식에 아무런 이견을 내지 않았다.

그저 그녀 그대로의 모습을 보았을 뿐.

어쩌면 그런 장호의 태도가 그녀에게로 하여금 장호와 친밀한 관계를 만들게 해준 계기였을지도 모른다.

그나저나.

그녀는 아직 경험이 없겠네?

장호는 문득 그런 생각을 떠올리고 말았다.

그녀에게 들은 바에 따르면, 그녀가 여자로서의 첫 경험을 한 것이 십팔 세 때의 일이라고 했었다.

그렇다면 아직 그녀는 청백지신일 터다.

청백지신이라.

장호는 무언지 모를 기묘한 기분을 느끼며 숨어 있던 나무 뒤에서 나와서는 앞으로 걸어 나갔다.

나는 그녀를 안다.

모든 것을 아는 것은 아니지만, 꽤 많은 것에 대해 알고 있다.

그러나 그녀는 나를 모른다.

그 기묘한 감각.

"어? 어어?"

그녀가 두 눈을 동그랗게 뜨고는 놀라워한다.

방금 전까지 앙칼진 고양이, 혹은 표범이었다면, 지금
의 그녀는 놀란 토끼 같았다.

"네가 나를 도와준 거야?"

설마 아니겠지? 하는 표정을 지어 보이는 그녀의 표
정이 너무 귀여워서 장호는 자신도 모르게 웃고 말았
다.

"풋."

"뭐야! 왜 웃니? 너 왜 웃었어? 응?"

그녀가 성큼성큼 다가와서는 화를 내었다.

긴장감은 조금도 없어 보이는 그런 모습이다. 이런 걸
보면 확실히 그녀는 아직 덜 여물었다.

강호에서는 아이, 여자, 노인을 조심하라는 격언도 있
지 않던가?

"놀라는 표정이 재미있어서 웃은 거뿐이야. 그리고 내
가 도와준 것 맞아. 의선문의 제자인 장호라고 해. 누나
이름은?"

장호는 그녀가 말하기도 전에 물처럼 흐르듯이 자신의 소개를 하고 그녀의 이름을 물었다.

그리고 한 걸음 물러나 포권도 해 보였고 말이다.

그런 장호의 태도에 그녀는 어어? 하다가 자신도 모르게 포권을 해버리고 말았다.

방금 전까지 차가운 표정으로 흑의 복면인의 목을 꺾어 버린 모습은 온데간데없는 것 같았다.

그리고는 자기가 왜 포권했지? 하는 표정을 지어 보이더니 어이없다는 표정으로 변화했다.

키야!

여이빙 누님이 이렇게 귀여운 표정도 지을 줄 아는구나!

예전에는 나른한 요부 같은 느낌으로 있더만.

매일같이 나를 보면서 '내가 너보다 연상이란다. 우후훗!' 하던 사람이 이러니 너무 귀여워서 참을 수가 없다!

장호는 속으로 즐거움의 비명을 질러야 했다.

웃음이 새어 나오려는 것을 억지로 참느라고 무진장 애를 써야 했던 것이다.

"여이빙. 내 이름은 여이빙이야. 우선 고맙다는 인사부터 해야겠지?"

"그게 순서지만 안 해도 상관없어. 우연히 도움을 준 거라서."

"너, 담력이 꽤 쎈데?"

그녀는 말하면서 어느새 바싹 다가와서는 장호를 요리 조리 바라보았다.

그러나 장호는 태연한 신색이다. 그녀가 악하지 않은 성격이라는 것을 이미 아는 까닭이다.

"시체 정도는 여럿 봤어. 의선문은 의가니까."

"그으래? 시체는 그렇다 쳐도 이렇게 싸우는 건 처음 본 거 아냐?"

"글쎄. 그건 누나 좋을 대로 생각하라구."

장호의 눈빛은 전혀 감흥 없다는 것이었다.

그리고 그것은 결코 평범한 일은 아니라는 것이 분명한 사실이었다.

사실 그랬다.

장호의 눈빛.

그것은 평범한 어린아이의 것이 아니다.

여이빙의 눈빛도 그 또래 아이들하고는 비교도 안 되는 눈빛이지만, 장호에 비하면 손색이 있었다.

"흐응, 대단한데. 나보다 어려 보이는데, 강호의 경험 이 있나봐?"

"그런 셈이지. 그나저나 이것들 좀 치워야 하지 않아?"

"왜? 내버려 두면 그놈들이 알아서 가져갈 건데. 이런 놈들은 뻔해. 조사차 이곳에 오겠지. 그전에 나는 여기를 떠나야 하고."

확실히 그것은 옳은 말이었다.

그녀는 여기서 도망쳐야 했다.

아직 적들은 그녀에 대해서 잘 모르는 채로 과소평가하고 있었기 때문에 도망치려면 바로 지금 이때가 기회였다.

적들의 규모가 상상 이상으로 거대하다면 그렇게 도망친다 하여도 결국에는 붙들릴 가능성이 높지만, 그렇지 않다면 도망칠 수 있을 터였다.

그렇다 할지라도 빠르게 움직여야 한다는 사실을 그녀는 잘 알고 있었다.

"그러니 내버려 두고 갈 거야."

"그래? 좋은 판단이야."

장호는 그렇게 말하고는 고개를 끄덕였다. 전혀 열두 살답지 않은 태도였다.

때문에 여이빙의 눈동자가 기묘하게 빛났다.

"너 장호라고 했지?"

"맞아, 장호."

"의선문의 제자고?"

"맞아."

"좋아, 기억했어. 나중에 보자고, 의선문의 제자 장호 동생. 이 누님이 나중에 이 일은 꼭 보답하겠어."

그리 말하고서 그녀는 땅을 박차고 달려 나갔다.

장호는 그녀의 뒷모습을 물끄러미 바라보다가 고개를 돌렸다.

우선은 해야 할 일이 있었다.

몸 보중하시오, 누님.

나중에 만납시다.

장호는 속으로 그렇게 중얼거렸다.

*　　*　　*

시체들에는 손을 대지 않았지만, 그 시체들이 가진 무기들은 주워 모았다.

질 좋은 장검은 제법 좋은 값에 팔린다.

균형이 제대로 잡혀 있고, 질 좋은 철로 만든 검들이었다.

게다가 독약으로 보이는 병과 해약으로 보이는 병, 금

창약이 들어 있는 목갑과 부싯돌들도 있었다.

그들의 몸을 뒤지니 그런 자질구레한 물건들과 함께 은자가 열다섯 개나 나왔다.

"이야. 이거 돈 좀 벌었는데?"

장호는 함박웃음을 지었다.

악당들과의 싸움은 이런 부수입이 있어서 좋다.

혹자는 시체를 뒤지는 행위가 천박하다고 말하기도 한다.

하지만 장호는 그런 평판에는 전혀 신경 쓰지 않았던 탓이다.

그렇게 돈이 될 만한 것을 전부 꺼내어 모으니, 은자 열다섯 냥 외에도 전부 팔면 은자 사오십 냥은 될 법했다.

가장 비싼 것은 검이다.

제법 좋은 검들이었고, 대부분이 날도 거의 상하지 않았던 것.

이런 검이면 적어도 하나당 은자 열다섯 냥에서 이십 냥은 받아야 하는 것들이었다.

대장간에 가져다가 쇠 값만 받는다고 해도 은자 여덟 냥은 나올 정도로 질 좋은 철을 쓴 검들이었다.

그런 검이 세 자루.

단번에 오십 냥 이상의 돈을 번 셈이다.

짭짤하구먼.

장호는 그렇게 물건들을 모조리 챙긴 다음 남쪽으로 걷기 시작했다.

남쪽에는 계곡에서 흘러나오는 개천이 있었다.

그 개천에 도착해서 그대로 물에 풍덩 빠져든 장호는 몸을 부르르 떨었다.

유가밀문의 체법으로 단련된 몸이 아니었던들, 너무 추워서 금세 빠져나와야 했을 것이다.

그렇게 물에 들어간 채로 대략 반각 정도를 동쪽으로 걸었다.

그 다음에는 바위만 밟으면서 마을을 향해 천천히 걸었다.

시체가 장호의 집에서 떨어진 거리에 있으니, 흔적을 집에서 멀리 떨어뜨려 놔야 하기 때문에 한 행동들이었다.

그리고는 마을 근처 나무 밑을 파고, 거기에 돈과 검들을 묻었다.

누가 파간다면 어쩔 수 없지만, 파가지 않는다면 제법 묵직한 돈이 들어오는 셈이 된다.

장호는 그렇게 하고서는 빙그레 미소를 지은 다음 마

을 안으로 들어갔다.

오늘은 의방에서 하루를 보내야 할 것 같았다.

이빙 누님.

다음에 건강한 모습으로 다시 봅시다.

第二章

하루하루 별일이 없다

별일 없는 인생은 따분하다고들 합니다.

그러나.

따분한 것이 더 좋은 겁니다.

고통스러운 것보다는 수천 배 이상 나은 거죠.

상대비교

봄이 왔다. 겨울은 다 지나가고, 다시금 몇 개월이 흘렀다. 그동안 여이빙을 쫓던 자들이 한차례 모습을 드러내어 주변을 탐문했으나, 그들은 아무런 소득도 없이 돌아가야 했다.

그리고 초여름에 접어든 어느 날, 장호는 드디어 유가밀문의 체법으로도 내공이 소모되지 않는 수준이 되었다.

즉, 몸의 근골이 더 이상 나아질 곳이 없다는 의미이다.

그동안 금자로 거의 천 냥에 가까운 약재들을 써야 했는데, 그중에는 귀한 산삼도 있었고 백 년 묵은 하수오도 있었다.

그것들의 약력을 모두 흡수하고, 유가밀문의 체법을 꾸준히 한 결과 장호의 몸은 범인의 몸과는 완전히 차별화된 상태가 되었다.

우선 몹시도 유연했다.

요가라고 부르는 서장 유가밀문의 또 다른 비전 수련을 한 자들처럼 팔다리를 마구 뒤틀어도 될 정도가 된 것이다.

그 다음으로는 육체의 강건함을 들 수 있다.

우선 근력이 성인 남성의 두세 배에 해당할 정도로 강했다.

근육 자체가 어마어마하게 발달한 것이다.

따로 운동을 하지 않아도 생명체는 괴력을 발휘할 수가 있다.

예를 들어 호랑이와 곰 같은 동물이 그러하다.

물론 그 동물들은 체구도 큰 편이지만, 체구에 비해서도 강한 힘을 자랑한다.

장호의 육신이 바로 그렇게 된 거다.

그뿐이 아니다.

오감 역시 어마어마하게 민감했다.

청각, 시각, 후각, 미각, 촉각의 다섯 가지 감각은 보통 사람이 가지고 있는 것의 몇 배는 되었다.

그야말로 천부적인 재능을 가진 몸인 셈이다.

이 상태로 수련을 시작한다면 상상을 초월하는 속도로 강해질 거라고 장담할 수 있었다.

그 상태에 대해서 장호도, 그리고 장호의 스승인 진서도 몹시 만족하고 있기도 했다.

그래서 본격적으로 내공수련을 하는 한편, 내공의 운용법을 익히는 데에 주력했다.

의선문의 내공으로 할 수 있는 여러 가지 수법을 배우기 시작한 셈이다.

의선문만의 독특한 점혈법이라든가 선천의선강기로 사람을 치료하는 데 사용하는 방법, 선천의선강기로 일시적으로 몸에 특별한 힘이 생기게끔 하는 수법을 배웠다.

그것은 확실히 장호가 알고 있던 원접신공보다 더 나은 여러 가지 무공 원리를 내포하고 있었고, 장호도 모르게 그의 내면이 성장하는 밑거름이 되었다.

그러는 한편 의선행신공도 전수받았는데, 의선행신공은 장호가 배웠던 그 어떤 무공들보다도 다양하고 복잡한 수법을 가지고 있었다.

의선행신공은 권법, 각법, 장법, 보법의 네 가지 무공이 혼재된 무공으로, 한마디로 말해서 전신을 이용해 상대의 공격을 막고, 피하고, 흘리는 무공이라고 할 수 있었다.

선천의선강기는 그 어떤 내가진기보다도 순후하기 때문에 방어면에서도 으뜸이라 할 만했던 것.

장호는 그런 의선행신공을 전수받으면서 그 자신이 알고 있는 무공인 철피공을 익히게 되면 정말로 도검불침을 이룰 수 있겠다는 생각이 들었다.

철피공은 대략 일류 수준의 외공으로, 약물과 내공을 사용하여 피부를 단련하는 것이 주목적인 외가무공이다.

실제로 과거에 그의 피부는 적어도 무두질한 단단한 가죽갑주만큼 질겨지긴 했었다.

화살을 맞아도 그 촉이 피부를 뚫지 못하던 정도였는데, 그의 생명을 여러 번 구해준 적이 있었다.

아니야.

철피공보다 더 나은 무공을 찾아볼까?

무학이론을 알 수 있으면 내가 만드는 것도 나쁘지 않은데.

장호는 좀 더 부단히 노력해야겠다는 생각도 하게 되

었다.

천하에 무공은 많고, 그것들의 이론을 알게 되면 더 나은 무공을 얻어 수련할 수 있다.

장호는 그렇게 되기를 원했다.

그렇게 봄이 지나고, 다시금 여름이 되었을 때.

장호는 단전에 약 삼 년치의 내공을 가지게 되었다. 불과 몇 달 만에 어마어마한 양의 내공을 얻은 셈이었다.

＊　　　＊　　　＊

"하아아, 후우우."

장일, 그리고 장삼.

둘 다 원접신공을 통해서 내공을 익히는 중으로, 지난 겨울부터 여름인 지금까지 반년간 내공수련을 해왔다.

장일은 아무 말 없이 내공수련을 했지만, 둘째 형인 장삼은 아무리 봐도 좀이 쑤셔서 참을 수 없어 하는 것 같았다.

그래도 장호와 장일의 노력으로 장삼도 내공수련을 꾸준히 해왔고, 지금에 이르러서는 둘 다 이 년치의 내공을 쌓은 상태다.

이 년치의 내공이면 별거 아닌 것 같아 보이지만, 이

정도 내공만으로도 피로회복에 탁월한 효과가 있다.

실제로 장일과 장삼은 하루 세 시진 정도만 자면 피로가 말끔히 사라졌다.

늘 피로하고, 몸이 무거운 채로 지내던 두 명이니 그 효과를 더 확실히 느끼게 된 계기였다.

또한 감기 같은 잔병치레도 없어졌다.

감기와 같은 잔병치레는 꼭 찾아오기 마련인데, 이번 겨울에는 그런 적이 없었던 것.

둘 다 이것이 무공이라는 것이구나 하면서 감탄하는 중이었다.

"좋아. 오늘은 여기까지야."

장호가 말했다.

"후아, 이거 하고 나면 몸이 참 개운하단 말이야. 호 덕분에 내가 정말 큰 덕 본다. 흐흐, 고맙다 호."

좌선을 하기 위해서는 다리를 꼬아서 앉아야 해서 다리가 상당히 저리다.

물론 나중에는 익숙해져서 별 느낌은 안 들지만 말이다.

때문에 장삼은 두 다리를 부지런히 주물렀다.

"흐흐, 이거 꾸준히 하면 이야기처럼 한 번에 소도 잡고 그럴 수 있냐?"

"그러려면 수십 년은 수련해야 할걸?"

"까짓것! 내가 수십 년 수련하면 되지."

"형, 열심히 해."

장호는 빙긋 웃어주었다.

"그런데 너는 왜 안 해?"

"의방 가서 할 거야. 스승님이 한동안은 계속 가르쳐 주신댔어. 형도 나 없는 동안 부지런히 해야 해. 알았지?"

장호는 여이빙을 도와주며 얻은 돈과 무기, 그리고 여러 잡다한 물건을 얼마 전에 겨우 처분할 수 있었다.

의방의 심부름을 한다는 명목으로 대장간 등을 돌아다니면서 물건을 처분한 것이다.

그 덕분에 들어온 돈이 무려 은자 예순두 냥.

예상보다도 많은 양의 돈이었다.

이 정도면 장가 삼형제가 육 년은 먹고살 수 있는 무척이나 큰돈이었다.

은자 오십 냥 정도면 조그마한 가게도 하나 차릴 수 있을 정도다.

장호는 그중 은자 이십 냥을 뚝 떼어서 큰형 장일에게 주었다.

반년간 어디 일 나가지 말고, 수련을 열심히 하라는 의미에서 준 돈이다.

장호가 의방에 나가지 않았다면 집에서 둘을 붙잡고 무공수련을 시켰을 테지만, 그럴 수는 없는 것이 아쉬웠다.

그러나 장일은 일을 그만두지 않았다.

다만 예전에 비해서 하던 일을 조금 줄였을 뿐이다.

그가 소작하던 밭을 절반으로 줄이고, 남는 시간 동안 수련을 했다.

장삼은 조금 달랐다.

이제는 품앗이를 하지 않고 진득하게 기술을 배우기로 한 것이다.

그러는 짬짬이 무공을 수련했다.

무공수련이라고는 해도, 지금 당장은 내공수련뿐이다. 장호가 보기에 적어도 이 년은 꾸준히 해야 그나마 봐줄 수준은 될 것이다.

내공은 강호인에게는 그야말로 기본.

내공이 많을수록 유리하고, 또한 강호에서 살아남을 확률이 크다.

물론 장호는 형들을 강호에 내보낼 생각은 그다지 없다.

그래서 고민 중이다.

내공 외의 것들을 가르쳐야 하는가? 아니면 말아야 하는가?

어느 쪽을 선택해야 할까?

"그럼 다녀와라."

"다녀올게."

두 형을 뒤로하고, 장호는 의방으로 향했다.

*　　*　　*

최근.

여름이 오면서 진가의방에서는 배탈과 설사를 잠재우는 약들을 조제하여 판매하고 있었다.

사실 특별한 일은 아니다. 여름이 오면 늘 하는 일 중하나다.

이 마을의 물은 대단히 깨끗한 편이지만 그렇다고 관리나 위생이 제대로 지켜지는 것은 아니다.

계곡물이 깨끗하다고 해서 사람들이 자주 목욕을 하거나 하는 것은 아니지 않은가?

그런 이유로 배탈과 설사가 횡행했다.

식중독 때문이다.

여하튼 진가의방은 환자들도 받고 약도 팔면서 바빴

다. 오죽하면 수련을 하던 장호까지 나와서 의방의 일을 도울까?

"은자 한 냥입니다."

"여기 있네."

장호는 밀려드는 환자들과 손님들에게 돈을 주고서 처방약을 건네주었다.

"다음 환자분."

"의원님께서 해속약을 먹으라 했는데……."

"여기 은자 한 냥입니다."

"고맙네."

해속약은 진서 의원이 만든 배탈약으로 속을 다스리는 데에 큰 효과가 있는 약이었다.

그렇게 불티나게 팔리는 약들.

이윽고 밤이 되었다.

"수고하셨습니다."

"너도 수고했다."

서건이 지친 표정으로 늘어졌다.

"사형, 사형도 내공은 좀 수련하시죠?"

"난 잘 안 되더라고. 자꾸 잡생각이 나고, 조금만 하려고 해도 좀이 쑤셔서."

"그거 힘들다고 하는 사람 많죠."

내공수련은 확실히 지루함을 견디는 것이 관건이다.

그걸 견디지 못하는 사람도 상당했다.

명문대파에는 재능 있는 이가 많지만, 그런 명문대파들에서도 초절정고수가 거의 나타나지 않는 것도 이에 원인이 있다.

의지의 문제다.

매일매일 고된 수련을 계속한다는 것은 보통 쉬운 일이 아닌 것이다.

예를 들어 공부를 열심히 하여 진시나 향시에 합격하면 좋겠다고 생각하는 사람은 많다.

그러나 진시와 향시에 실제로 합격하는 사람의 수는 대체 몇이나 있는가?

재능의 차이는 있을지라도, 사실 향시는 노력만 하면 대부분 통과할 수 있는 수준이다.

그러나 하지 못한다.

안 하는 것이 아니라, 못하는 것이다.

서건도 그랬다.

스승인 진서가 고수인 것도 알고, 내공이라는 것을 익히면 좋다는 것도 안다.

그러나 그는 무공수련을 견디지 못했다.

그래서 그는 의선문의 진전을 모두 잇지 못한 것이다.

"너는 할 만하냐?"

"할 만하더라구요."

"독한 놈, 징한 놈."

"그래도 나름 보람이 있어요. 별로 안 피곤한 것도 있고."

"그건 좀 부럽네."

"하루에 반 시진 정도라도 하는 게 어때요? 꼭 굳이 스승님의 내공심법이 아니더라도, 익혀두면 좋아요."

"어떤 거?"

"원접신공이라고 있는데. 배워보실래요?"

원접신공도 안정적인 데다가 실제로 선천의선강기보다는 단순하고 간단하다.

그러니 차라리 원접신공을 익히게 하면 되는 거다.

하루 반 시진만 해도 평생 무병장수할 수 있을 것이고, 원기 회복이나 기타 잡다한 육체적 문제를 해결해 주니 쓸 만한 것이다.

"으음, 그래? 그건 좀 쉽냐?"

"스승님이 가르쳐 주시는 것보다는 쉬워요."

아무래도 상승절학과 절정무공은 차이가 있지 않겠는가?

원접신공도 그리 뒤떨어지는 무공은 아니지만, 선천의

선강기에 비하면 조금 모자란 감이 있는 것이다.

여하튼 그렇게 해서 장호는 서건에게도 원접신공을 가르쳐 주었다.

*   *   *

의선행신공.

최근 장호는 이 무공에 대해서 깊이 파고들고 있었다.
우선 초식의 수부터가 상당히 많았다.

대부분이 방어초식이다.

두 손으로 적의 공격을 와해하고 흘리는 것이 주이며,
보법은 적의 공격을 회피하고 흘리는 것을 주로 했다.

중요 쟁점은 결코 정면으로 적의 공격을 막지 않는다
는 점이다.

유능제강.

이화접목.

그러한 묘리가 들어 있는 것이 바로 이 의선행신공이
었다.

초식은 모두 이십사 초식으로 이루어져 있는데, 말만
이십사 초식이지 변초와 허초를 뒤섞으면 그 경우의 수
는 수백 가지로 늘어나고 만다.

장호로서도 유가밀문의 체법으로 단련되지 않았다면 모두 외울 수는 없었을 정도였다.

여하튼 장호는 거의 하루 내내 이 의선행신공을 수련했다.

게다가 의선행신공은 내공을 운용했을 때에야말로 그 진정한 진가를 발휘하는 무공이었다.

어지간한 공격은 전부 막아내고, 튕겨내며, 비켜 나가게 만들 수 있었다.

이십사 개의 초식 덕분이기도 하지만, 정순한 선천의 선강기의 진기 때문이기도 했다.

"좋아. 초식은 제법 익숙해진 것 같구나."

"예, 그런 것 같아요."

"그렇다면 이제부터는 다른 수련을 하자꾸나."

"다른 수련이요?"

"감각도라는 거지."

감각도?

장호는 처음 들어보는 단어에 눈을 반짝였다.

"감각도는 별게 아니다. 무공은 아니고, 일종의 외공과 비슷한 것이지."

"외공도 익히나요?"

"그래, 그런데 보다 쉽게 말해 감각을 예민하고 날카

롭게 벼리는 수련의 일환이란다."

"단지 날카롭게만 하는 건가요?"

"아니. 감각도를 통해 예민해진 감각을 이용해서 주공권(主空圈)을 완성하는 것이 목적이지."

"주공권이요?"

주공권.

뜻만 풀이하자면 일정 공간의 주인이라는 의미였다.

공은 공간을 의미하는 공자이며, 권은 일정 영역을 뜻하는 단어다.

고기에 주인 주자가 붙으니, 일정 공간의 주인이라는 의미가 아니고 무엇이겠는가?

"의선행신공의 이십사 초식은 천지사방에서 달려드는 공격도 막아내기 위하여 고안되었다. 그 원리는 태극과 이화접목, 그리고 팔괘에 있어서 정교하기 짝이 없지. 하지만 그렇다 할지라도 이를 사용하는 것은 우리 사람이다. 우리 사람의 감각으로는 뒤에서 날아오는 칼을 볼 수가 없지."

그는 잠시 말을 골랐다.

"시각이 미치지 못함이야. 그러면 어찌해야 하겠느냐? 청각, 촉각, 후각의 세 가지 감각을 사용해서 사방을 인지할 수 있어야 하지 않겠느냐? 또한 오감 외의 감각인

제 육의 감각, 기감을 사용하면 더더욱 사방의 사물을 인지하기가 쉬워지지."

"그 오감에 기감을 더한 육감, 그 여섯 감각을 사용해서 주변을 정확히 파악하고, 의선행신공을 통해서 주변 공간을 장악하라는 말씀이신 거군요?"

"옳거니! 제대로 이해하고 있구나. 그렇다. 그럼으로써 절대무적의 방어가 가능해지는 것이란다."

장호는 감탄할 수밖에 없었다. 주공권이 뭔가 했더니, 절대고수들이나 할 수 있는 공간의 장악이 아닌가?

장호는 전생에 절대의 경지에 오른 고수를 한번 만난 적이 있었다.

그는 기감을 사용하여 주변에서 무슨 일이 일어나는지 전부 알아차리고는 했다.

그것은 단지 내공이 많다는 수준을 넘은 것으로써, 그의 특별한 능력이라고 보아야 했다.

"이걸로 눈을 감거라."

장호는 진서가 천을 내밀자 얌전히 받아 들고 두 눈을 가렸다.

감각도를 얻으려면 말 그대로 감각이 예민해져야 한다.

시각을 봉하면 다른 감각이 예민해지는 것은 그도 잘

알고 있었던 것이다.

그런 상태에서 장호는 좌선을 하고 앉아서 기감까지
단련하기 위해서 애썼다.

그런 장호의 주변으로 진서가 아주 조용하게 돌아다니
면서 기척이나 소리를 내었다.

"어느 쪽이었느냐?"

"왼쪽이었습니다."

"틀렸다."

빡!

"크윽!"

"다시!"

"예!"

그렇다. 진서의 수련은 무척이나 힘들었다.

*   *   *

감각도의 수련을 시작한 지 이 개월 후. 진서는 장호의
앞에 대략 지름이 일 장(1장:3m)정도 되는 원을 땅에 그
려 넣었다.

"자, 들어가거라."

"예, 스승님."

원의 중심에 들어가 서자 진서는 두 개의 기다란 나무 막대기를 가져오는 것이 아닌가?

"공간의 감각을 익히려면 공감에 대해서 생각을 하여야만 하지. 이 수련은 그러기 위해서 고안된 것이니, 너는 추호도 허술히 생각해서는 안 된다. 알겠느냐?"

"예, 제자 명심하겠습니다."

"좋다. 너는 이 원을 나가서는 안 되고, 두 손을 써서도 안 된다. 내가 이 두 장대로 너를 공격할 것인즉, 너는 두 다리로만 내 공격을 피해내야 하는 것이다."

장호는 그런 스승의 설명에 알겠다는 표정을 지어 보였다.

일 장의 원.

넓다면 넓고, 좁다면 좁다.

이 원을 벗어나지 않은 채로 두 개의 장대를 피해내려면 말 그대로 공간에 대한 감각이 필요한 것이다.

"주공권은 단지 감각도만 익힌다고 다가 아니다. 공간의 주인이 되기 위해서 필요한 것이 무엇이겠느냐?"

"공간을 알아야 한다는 건가요?"

"그것뿐만이 아니지. 공간의 주인이 되어야 한다! 그래서 주공권인 것이지."

장호는 감탄을 하고 말았다.

"그렇군요. 주공권, 공간의 주인."

"그럼 시작하겠다."

"예, 스승님."

쐐애애액!

장대가 날아들었다. 낭창낭창하게 휘면서 좌우에서 움직이는 장대에 맞추어 장호는 열심히 뛰어야 했다.

퍽! 퍼퍽!

상당한 아픔. 장대에 맞은 몸의 여기저기로 멍이 드는 것을 느낀다.

그러나 그런 아픔을 아랑곳하지 않고 피하려고 애쓰면서 장호는 점차 어떤 기묘한 몰입감을 느낄 수 있었다.

공간과 그 자신이 하나가 되는 느낌.

좌우에서 날아오는 장대를 느끼면서, 공간의 어느 부분이 비어 있는지 본능적으로 파악되는 느낌이 들었다.

이것인가?

이것이 주공권인가?

빠악!

"크엑!"

장호는 머리에 한 대 맞고는 길게 뻗었다.

어메, 아직 주공권은 멀었나 부다.

장호는 그렇게 생각했다.

*   *   *

일각이 여삼추라고 했던가? 십삼 세의 일 년은 금세 지나갔다.

그간 장호는 무시무시한 발전을 해내고야 말았다.

우선 키가 껑충 컸다.

열세 살이라고는 믿을 수 없을 만큼 키가 컸는데, 무려 오 척이나 되었던 것이다. 이 시대의 평균 성인 남성의 신장은 육 척(1척:25cm)쯤이다.

그런데 열세 살의 나이에 벌써 오 척의 키를 가졌으니, 도저히 어린아이라고는 믿을 수 없는 키였던 것이다.

단지 키만 큰 것도 아니다.

뼈도 잘 여물었는지 말라보이지 않았고, 근육도 오밀조밀하게 잡혀 있었다.

지난 일 년간의 고련 덕분이다.

내공은 약 팔 년치를 모았으며, 의선행신공의 초식은 모두 습득한 것이나 다름없는 상황이었다.

그리고 주공권도 점차 숙련되어 가고 있었다.

어지간한 공격은 두 눈을 감은 상태에서도 다 피할 수

있게 된 것이다.

그리고 겨울이 지나서 봄이 왔을 때.

장호는 열네 살이 되었고, 스승인 진서는 자리에 눕게
되었다.

第三章

하루하루가 너무 소중하구나

내일 세상이 멸망할지라도,
나는 오늘 한 그루의 사과나무를 심겠다.

네덜란드 철학자 스피노자

아직은 날이 춥다.

산속의 마을이라서 그런 것일까? 이제 초봄의 계절이 건만 공기가 아직도 차갑고 쌀쌀했다.

언제나 그랬지만 이 중원의 겨울은 몹시도 추웠다.

제대로 아궁이에 불을 때지 않으면 금세 온기가 사라지고 한기가 덮쳐 왔다.

그대로 잠이 들어버리면 몸의 어디 한구석에 한기가 서려서는 필히 고장이 나고 만다.

고약한 날씨다.

진서는 그리 생각했다.

이른 새벽.

언제나와 같이 눈을 뜨고 몸을 일으켜 보려 하지만 그의 몸에는 힘이 거의 없었다.

이제·정말로 얼마 남지 않았군그래.

누구도 거부할 수 없는 것.

이윽고 모두가 맞이하게 되는 상대.

죽음.

그 죽음이 진서에게로 다가오고 있었다.

진서는 그것을 잘 안다. 기실 그가 은거하기로 결심한 십 년 전에 그는 이미 나이가 아흔에 다다르고 있었다.

그가 강호에서 활동하던 당시는 무려 사십오 년도 더 전의 일이다.

강호의 주기는 십오 년을 주기로 바뀐다.

세대로 치자면 진서는 삼 세대 전의 인물이나 다름이 없었다.

강호의 절대자들인 강호십대고수가 세 번이나 바뀌기 전에 활동했던 것이 바로 진서다.

그리고 진서의 사형제들도 모두 그가 은거하기로 하기도 더 전에 모두 죽어 자연으로 돌아갔었다.

그래서 의선문에 대한 것은 이제와서는 의가의 전설로

만 남게 되었다.

그런 상황이니 의선문과 진서에 대해서 아는 이는 남아 있을 리 만무했다.

그래도 의선문의 의지.

사람을 구하라는 그 의지만은 배반하기 싫어 의방을 열어 지금까지 헤쳐 왔다.

선천의선강기가 쌓여갈수록 그의 생명도 연장되었고, 이제는 거의 백에 가까운 삶을 살아오게 된 거다.

그렇기 때문에 더더욱 진서는 자신에게 생이 얼마 남지 않았다는 것을 절실히 깨달았다.

이미 몇 년 전부터 예상하고 있었던 일이기도 했다.

선천의선강기가 몸 전체를 보호하여 선천진기, 즉 생명력 그 자체가 빠져나가는 것을 막아주고 있었지만 한계에 부딪친 것이다.

선천의선강기를 무려 이 갑자에 달하는 양을 모았고, 그 때문에 백 살에 가까운 삶을 살 수 있었다.

그러나 완전한 불노불사는 선천의선강기로도 불가능한 일이었는지 그는 생명이 빠져나가는 것을 느낄 수 있었다.

사실 생각보다 좀 더 오래 버텼다고 생각하던 중이었다.

빠르면 작년 정도에는 자리보전을 하고 누울 거라 생각했었던 것이다.

아마도 장호 녀석 때문이겠지.

서건에게는 의술을 전부 전수하였고, 장호에게는 의술과 의선문의 무공도 같이 전수하였다.

이대로 봉문하여 사라지게 할 작정이었던 의선문의 모든 것을 줄 정도로 장호는 뛰어난 아이였다.

진서는 잠시 누워 장호에 대해 떠올렸다.

어린아이답지 않게 장호는 진서의 고된 훈련과 수련을 모두 이행해 왔다.

기실 진서가 장호에게 강요한 수련과 훈련들은 몹시도 고된 것으로, 성인의 무인이라고 할지라도 제대로 소화하기 어려운 것이었다.

그런데도 장호는 해내었다.

그것에는 물론 진서가 만든 여러 준영약에 가까운 약물의 도움과 그 신비한 유가밀문의 체법이 큰 도움이 되었음은 부정할 수 없는 사실이다.

그러나.

그렇다고 할지라도 장호의 의지는 놀라운 것이었다.

어린아이가 어떻게 저런 강인한 의지를 가졌을까?

때때로 진서는 장호가 어떤 비밀 집단의 숨겨진 후계

자가 아닌가 하는 생각도 하고는 했다.

하지만 그런 것은 없었다.

그 아이는 그저 가족을 끔찍이 아끼는 아이일 뿐이다.

장호의 두 형제.

장일과 장삼이라고 했던가?

특히 장일의 경우에는 진서가 보기에 대단히 뛰어난 무골이었고, 성격도 진중하여 인중룡이라고 해도 과언이 아니었다.

그러나 장일까지 제자로 받아들이기에는 진서에게는 시간도, 힘도 없었다.

그는 너무 늙었고, 노쇠했다.

백 년.

짧지 않은 시간이고, 제국의 역사가 바뀌었던 시간이 기도 했다.

그러고 보면 이렇게 침대 위에서 죽는 첫 번째 의선문 주가 되겠군그래.

"클클, 그것도 나쁘지는 않지. 의선문도 새롭게 바뀔 때가 되긴 했지."

어차피 세상사 모든 것은 죽고 없어진다.

천년만년 영원할 것 같은 제국도, 그리고 문파들도 하나둘 사라지고 만다.

그 대단하던 전진교도 사라진 지 오래이고, 이제는 전설에나 있을 법한 멸망한 마교도 존재한다.

살신마제의 난 때에 밀주법문에 속한 거의 대부분의 존재가 죽임당하였던 것이 오래전의 일이 아니던가?

그 당시의 일을, 수십 년도 더 전의 그가 젊고 어리숙하던 당시에 있었던 그 끔찍한 일을 그는 아직 기억한다.

그러고 보면 그로부터 벌써 수십 년인가.

오래도 살았군.

"스승님, 기침하셨습니까?"

"오냐."

반가운 목소리가 들려와 마음이 절로 들떴다.

그래, 이대로 그냥 죽어서야 안 되겠지.

늘그막에 제자로 맞이한 아이다.

내가 해줄 수 있는 것은 다 해주고 가야 하지 않겠는가? 그러려면 아직 무너져서는 안 되겠지.

장호는 천재적인 아이는 아니었지만, 천재보다 더 뛰어난 구석이 있었다.

어째서인지 모를 강인한 정신력.

그리고 마치 어른 같아 보이는 지혜.

그것은 그 무엇보다도 값진 것이다.

비단 강호뿐만이 아니다. 세상사 모든 일에는 강인한

정신력과 연륜에서 우러나오는 지혜가 있어야 잘 살아갈 수 있었다.

드르륵.

문을 열고 장호가 들어오는 소리가 들렸다.

쓰디쓴 탕약의 향기가 나는 것으로 보아, 장호가 그를 위하여 약을 준비한 듯싶었다.

사실 그리 소용이 없다는 것은 영민한 제자인 장호도 알고 진서 그 자신도 알았다.

설사 전설의 대환단을 가져온다고 해도 소용이 없을 것이다.

그의 생명의 그릇은 깨어진 지 오래이고, 그 깨어진 그릇을 선천의선강기로 겨우 막아두었을 뿐이니까.

그럼에도 불구하고, 선천의선강기 사이를 빠져나가는 생명력은 붙잡지 못했기에 이렇게 자리를 보전하고 눕게 된 거다.

정해진 일이었고, 되돌릴 수도 없다.

때문에 저 탕약은 그저 마음의 위안일 뿐이다.

"흐음, 이건 또 뭘 넣은 게냐?"

"웅담을 우연하게 구했거든요."

"웅담이라고? 청혈 작용이 있는 약재이기는 하다만, 지금의 내게는 의미가 없지 않느냐?"

"그래도 고통을 덜어드릴 수는 있죠."

"그리 고통스럽지는 않다. 알지 않느냐?"

장호가 의술을 습득하는 속도는 천재를 넘어서 가히 악마적이었다.

오히려 무공이나 기타 재능은 유가밀문의 신비한 체법으로 개선되었음을 고려해도 천재라고 할 만한 것은 아니었다.

그는 강호를 오래 주유했고, 진정 천재라고 불리는 존재들을 만난 적이 있었기에 잘 알고 있었다.

그런데 기이하게도 의술은 반대였다.

악마적이라는 표현도 부족하지 않을까 싶었다.

진서 그가 반백 년간 쌓아온 의술을 단지 이 년 정도의 기간 동안에 모조리 배우고 말았던 것이다.

단지 배운 정도가 아니었다.

의술의 원리와 이치를 완전히 이해하고 숙련되었다.

배우는 것은 머리가 좋은 이면 할 수 있을 수도 있다.

단지 암기하는 것이라면 가능할 수도 있다는 말이다.

하지만 숙련되는 것은 다른 의미였다.

단순히 머리에 넣는 게 아니라 실전에서 쓸 수 있다는 뜻이었다.

지금 장호는 당장에라도 칼 한 자루 쥐어준다면 부술

을 펼칠 것이요, 침을 들려준다면 세상 어디 없을 명의가
될 정도였다.

그러나 진서도, 그리고 장호에게도 부족한 점은 있긴
했다.

둘 다 의술 원리와 이론에 해박하고 실전 경험도 많았
지만 그렇다고 해서 세상 질병의 모든 것을 다 아는 것은
아니었다.

예를 들어 강호에서도 희귀한 절맥 치료법 같은 것은
몰랐다.

진서가 과거 스스로 말했듯이 의선문의 전설은 과장되
어 있던 탓이다.

"그래도 드셔보세요. 좀 나아질 거예요."

"후후. 이제는 약리학은 네가 나보다 낫구나."

탕약을 마시고 나자 입안에 쓴 기운이 감돌았다.

그는 후후 하고 웃어버렸다.

그의 제자는 유가밀문의 체법으로 무재는 지품에 도달
했지만, 의술만은 천품을 넘어서 아득한 수준의 재능을
가졌다.

그렇기에 웃은 것이다.

겨우 열네 살의 소년이 백여 년간 의술을 배우고, 익혀
왔으며, 사용해 온 자신만큼 한다는 사실은 믿을 수 없을

정도였다.

그리고 그것은 그에게 기쁨을 주었다.

"후우, 그래. 네 말대로 몸이 조금은 따뜻해지는구나."

"식사를 준비하겠습니다."

"됐다. 어차피 지금은 제대로 먹을 수도 없다는 것을 알지 않느냐."

"하지만 스승님."

"괜찮대두."

그런 진서의 말에 이제는 소년 같지 않은 소년이 입을 다문다.

키가 이미 오 척이 넘었다. 이대로 가면 키가 칠 척이 될 수도 있어 보였다.

칠 척이라.

그 정도면 이 강호에서는 대단히 큰 편에 속하는 것이니 대단하다고 보아야 했다.

"그나저나 네 사형은 뭐하고 있느냐?"

"일어나서 수련하고 있어요."

"그 원접신공이라는 것 말이냐?"

"예. 내공수련 정도는 해둬야죠. 의원인데 병에 감염되기라도 하면 큰일이잖아요?"

의원들이 병에 대한 지식이 많다지만, 그들이라고 질병에서 면역이 있는 것은 아니다.

도리어 의원이기에 더 잘 감염되는 경우도 많았다.

특히 지독한 전염병이 창궐하면 의원들조차도 그런 지역에는 가지 않으려고 하는 것이 보통이었다.

원접신공의 내가진기와 선천의선강기의 내가진기 둘 다 질병과 독에 탁월한 저항력을 발휘하니, 장호는 선천의선강기보다 수련하기 수월한 원접신공을 사형에게 수련케 한 것이다.

실제로 그것은 효과가 조금 있었다.

의방의 약재들을 모아서 만든 내공 증진 보조제를 먹으면서 수련하자 서건도 단전을 형성하고 내공을 얻은 것이다.

아마 꾸준히 수련한다면 천수를 누리고 무병장수하면서 살 수는 있을 것이다.

"그래, 그 게으른 놈이 그거라도 수련하니 되었다."

"의선행신공도 가르쳐 볼까 하구요."

"그 녀석이 그걸 배울 수 있을 것 같으냐?"

"얼치기 흉내라도 내면 살아남는 데 도움이 될 겁니다."

"후후. 살아남는다라. 네가 어떤 경험을 했길래 그런

걸 안단 말이냐?"

"어머니와 아버지 둘 다 불행하게 잃었으니까요."

그리고 두 형도.

매일매일.

전생의 장일은 그런 것을 생각해 왔다.

그리고 지금은 그 생각들과 후회들을 고치고 있었다.

"그렇구나. 끙, 그래. 오늘은 날씨가 어떻더냐?"

"몹시 차가워요."

"그러냐? 이제 봄이거늘 왜 이리 추운 건지."

"이 마을이 산 위에 있어서 그런 거겠죠."

"그런가? 하기사 그럴 만도 하구나."

진서는 그리 말하고는 잠시 창문을 바라보았다.

장호가 가서 창문을 열어주자 차가운 공기가 화악! 하고 들어온다.

잠시 그 공기를 음미하던 진서는 장호를 향해 고개를 돌렸다.

"내 오늘은 외출이 하고 싶구나. 준비해 주겠느냐?"

"외출이요? 하지만 스승님, 걸으실 힘도……."

"네가 나를 업고 다니면 되지 않느냐? 마침 지게도 있으니 거기에 나를 좀 앉혀다오."

"예?"

장호가 깜짝 놀란 표정을 지어 보인다.

"호야."

"예, 스승님."

"얼마 남지 않았다. 알겠느냐? 내 안의 생명이 이제 그리 많이 남지 않았어."

진서는 자신의 말에 표정이 딱딱해지는 장호를 보며 웃었다.

어린 녀석이 뭐 그리 한이 많을까?

어리지만 전혀 어리지 않았다.

가끔은 그런 모습이 안쓰럽기도 했다.

"그러니 이 동네를 좀 둘러보고 싶구나. 작년 겨울이 시작된 후부터는 통 나가지도 못하지 않았느냐?"

"그러면 이인교를 준비할게요."

"이인교는 무슨. 네 녀석이 나를 업고도 돌아다닐 수 있는데 이인교가 왜 필요하겠느냐?"

"하지만 추우실 텐데."

"네 녀석의 내공을 좀 보자꾸나."

결국 장호는 진서의 고집을 당해낼 수 없었다.

*   *   *

찌륵찌륵.

겨울이 가고 봄이 왔다. 그렇기에 만물이 녹고 새가 지 저귀고 있다.

그러나 그렇게 녹아내리는 봄임에도 가끔 겨울처럼 차 가울 때가 있었다.

오늘이 그런 날이다. 그리고 오늘이야말로 그에게는 어울리는 날이기도 했다.

하루하루가 소중하다.

하루가 가는 것이 소중하다.

왜 소중할까?

그것은 아끼는 이와 같이하기에 소중한 것이다.

만약 고통으로 가득 찬 나날이었다면 삶이 소중하다고 느끼지는 못했으리라.

누구나 똑같이 시간을 보내지만, 누구나 똑같이 만족 하거나 행복할 수는 없다. 그것은 바로 마음에서 기인한 다.

잔에 물이 반쯤 차 있다. 어떤 이는 물이 반이나 남았 다 말하고, 어떤 이는 물이 반밖에 남지 않았다 할 것이 다.

그래. 그럴 테지.

말장난 같지만, 그건 사실 사람의 마음을 나타내는 가

장 좋은 이야깃거리야.

지게에는 담요가 몇 겹이나 둘러져 있었고, 앉기 좋게끔 개조가 살짝 되었다.

장호가 급히 손을 봐서 만든 것이다.

진서는 그런 지게에 앉아 담요를 두르고 있었다.

그뿐이 아니다.

그의 몸 주변으로는 장호의 선천의선강기가 조금씩 흐르며 추위로부터 그를 보호하고 있기도 했다.

따스함을 느끼며 차가운 공기를 들이쉬고 내쉰다.

그리고 이 호흡을 통해 그의 생명력이 빠져나가고 있음을 그는 느꼈다.

선천의선강기로도 생명력을 부여잡지 못하는 이유가 여기에 있다.

사람은 호흡을 한다.

그리고 깨진 그릇과 같은 몸을 가진 진서의 생명은 호흡을 통해 쉽게 빠져나가는 것이다.

새하얗게 김이 되었다가 스러지는 입김을 바라보며 자신의 흩어지는 생명을 느낀다.

"좋구나."

입김의 너머로 보이는 하늘이 시리고 파랗다.

그것이 너무 아름다워서 막힌 무언가가 뻥 하고 뚫리

는 것 같았다.

길었구나. 길었어.

"스승님, 기분이 좀 좋으신가요?"

"오냐, 꽤 좋구나."

"다행이네요. 춥지는 않으시죠?"

"네 녀석의 진기 운용이 아주 절묘하여 춥지 않으니 걱정 말거라."

"이럴 줄 알았으면 돈을 좀 쓰더라도 온옥을 구할 걸 그랬어요."

"홀홀, 그런 기물을 돈만 가지고 구할 수 있다더냐?"

진서는 장호의 말에 유쾌해졌다.

소년의 호의와 걱정을 느낀 탓이다.

"장호야."

"예, 스승님."

"저기를 봐라."

"예, 새가 있네요."

"좋지 않느냐?"

"뭐가요?"

"새처럼 하늘을 난다는 것 말이다."

"좋아 보이긴 하네요."

"너는 왜 날지 않으려 하느냐?"

그래. 날아라, 제자야. 날아야지, 너는 창공을 누빌 권리가 있단다.

"전 가만히 있는 게 더 좋으니까요."

장호의 대답에 진서는 입가에 작은 미소를 지었다.

너는 나는 것보다 게으른 용이 되고 싶은가 보구나. 홀홀, 그것도 좋겠지.

"홀홀, 그러냐. 하지만 네 녀석이 날지 않으려고 해도 세상이 너를 가만 놔두지 않을 게다."

필시 그렇게 될 게야. 내가 보아온 강호는 그러했으니까.

보고 싶었는데 말이다.

네 녀석이 창공을 나는 모습을 보고 싶었단다.

"그럴까요?"

그럼, 그렇고말고.

"필시 그럴 게야."

하늘이 맑다.

새가 날고 구름이 흐른다.

태양은 반짝이고 있고, 그 햇살을 맞으며 차가운 공기를 느낀다.

백여 년을 살아오면서 오늘 만큼 삶을 느낀 적이 있을까?

제자와 함께 한다는 사실이 이렇게 기쁘다는 것을 왜 몰랐을까?

그러고 보면 서건이 녀석은 영 귀엽지 않은 녀석이었지.

아, 아아.

하루하루가 너무나 소중하구나.

때가 왔다.

거의 남지 않은 함 줌의 생명이 그의 안에서부터 흘러나옴을 느꼈다.

"호야."

"예, 스승님."

"너는 본 문의 마음을 잊지 말거라."

"본 문의 마음이요?"

"그래. 내 하나만 너에게 당부하마. 사람을 구하고, 사람을 도와라. 그리고 사람을 이롭게 하거라. 알았느냐?"

진서는 자신의 목소리가 점점 약해짐을 알았다.

그러나 괜찮다.

이제 오래 동안 미루어왔던 휴식을, 보상을 받을 때였다.

꼬옥.

지게를 지고 있는 장호의 손을 잡았다. 그리고 진서는

그 손을 통해서 자신의 선천의선강기의 진수를 넘겼다.

"스승님?"

"내 말년에 너를 만나 너무나 행복하구나."

"스승님! 이 손 놓아주세요!"

"호야, 보거라. 하늘이 파랗지 않느냐. 그렇지?"

사형, 스승님.

내 이제 만나러 가오.

진서의 두 눈이 천천히 감겼다.

第四章

진가의 방을 물려받다

유산을 물려받는다는 것은
그리 유쾌하지 많은 경험이다.

어떤 철학자의 말

날이 따스하다.

그런 온기에도 장호는 마음이 그리 평안하지 못했다.

스승인 진서의 죽음.

그것은 운명처럼 전생과 같은 시기에 일어났다.

진서의 죽음은 결코 피할 수 없는 그런 종류의 것이었
다.

마치 그 어떤 의지로부터 정해진 것과도 같이 절대로
피할 수 없었다.

그래도 스승인 진서는 최후의 순간 행복해했고, 그것

은 장호의 긍지이자 자랑이라고 할 만한 성과였다.

아아, 스승님이 더 오래 사셨다면 좋았을 텐데.

외로우셨던 것이다.

스승님의 과거, 그리고 그분의 행적에 대한 이야기를 들었기에 알 수 있다.

백 년의 세월.

그것은 결코 짧지 않고, 그런 세월을 살아오며 결국 마지막에 와서야 제자를 거두었다.

외로움은 절대고수라고 해서 비켜갈 수 있는 것은 아니니까.

스승님의 사후, 장례를 치르고 진가의방은 법적으로 완전히 장호의 것이 되었다.

그것이 스승님의 유지였다.

그리고 서건은 짐을 싸고 있었다.

$$* \qquad * \qquad *$$

"사형에게 집이 따로 있다는 것은 금시초문이네요."

"내가 이야기하지 않았던가?"

스승인 진서가 죽고 장례를 치른 지 석 달이 흘렀다.

봄이 가고 여름이 가는 시기가 도래한 지금 서건은 자

신의 방에서 짐을 싸고 있었다.

그가 평소에 쓰던 집기 중에서 가지고 갈 만한 것들만 추리는 중이다.

그렇게 사형인 서건이 짐을 싸고 있는 것을 물끄러미 보면서 장호는 전생에 어째서 진가의방이 문을 닫았는지를 깨달았다.

서건은 진서가 죽으면서 자신의 고향으로 되돌아간 것이다.

아마도 진가의방의 여러 가지 물건은 적당히 정리해서 금전으로 바꾸어서 가지고 갔겠지.

그러나 지금은 미래가 바뀌었다.

진서는 장호에게 진가의방을 물려주었고, 서건은 집으로 향하기 위해서 짐을 싸고 있었다.

"뭐, 너야 워낙 바빴으니까. 우리 대화도 느긋하게 한 적이 거의 없잖냐."

"그건 그러네요."

서건의 말대로이다.

장호는 정말 바빴다. 스승인 진서의 진전을 이 년 남짓한 시간 안에 모조리 전수받기 위해서는 시간이 너무 부족했던 탓이다.

게다가 장호는 두 형도 보살펴야 했다.

그러니 시간이 부족할 수밖에.

"그래도 네가 있어서 다행이야. 스승님께서 그렇게 편히 가신 것도 네 덕분이라는 걸 알아."

"별로 한 일도 없는 걸요."

"뭐, 불민한 제자인 나로서는 어쩔 수 없는 일인 거지. 웃차."

서건은 보따리를 싸 들었다.

"다 끝났나? 나머지는 네가 적당히 정리해라."

"그러죠, 뭐."

장호는 적당히 대답해 주었다.

그때였다.

쾅쾅!

밖에 문을 두드리는 소리가 들려왔다.

"왔나 본데?"

"그런가 보네요."

둘은 밖으로 나와 대문을 열었다.

그러자 허리에 검을 찬 무인 세 명이 문 밖에 기다리고 있었다.

그들은 상의가 똑같았는데, 왼쪽 가슴에 진(進)이라는 표식이 달려 있었다.

진선표국이라고 하는 곳의 표사들로 이 근방에서는 제

법 세력을 갖추어 유명한 집단이었다.

표국의 표사만 적어도 백오십 명.

인근에서는 따라올 곳이 거의 없는 표국이었다.

장호가 서건이 염려되어 진선표국의 표사들을 불렀던 것.

이들 세 명이 서건을 호위해 줄 것이다.

표사가 사람을 직접 호위하여 여행지까지 데려다주는 것을 보표라고 하는데, 보표는 당연하지만 물건 호송에 비하여 가격이 더 비쌌다.

그것도 그냥 비싼 것이 아니라 많이 비쌌는데, 서건의 여행을 위해서 장호는 금자를 다섯 냥이나 썼다.

은자로 쉰 냥이니 결코 적은 돈은 아니다.

"진가의방에서 보표를 청하여 왔소이다. 여기가 진가의방 맞소?"

"예, 맞게 찾아오셨습니다. 여기 저희 사형이 고향으로 귀향하는 데 보표를 청했습니다."

"이분이 우리 호위 대상이로군. 만나서 반갑소. 진선표국의 표사 연남건이라고 하오."

사십대의 사내가 포권을 하며 인사를 해왔다.

장호가 척 보니 일류무사 정도로 보였다.

이 정도면 생각보다 좋은 표사가 온 셈이다.

명문대파에서는 어지간한 제자의 경우 나이 스물이 되기 전에 일류무사가 된다.

그러나 중소규모의 문파 제자나 낭인, 그리고 표사들의 경우에는 나이 쉰이 되어도 일류무사가 되는 이가 거의 없다.

나이 사십즈음의 일류무사라면 진선표국에서는 제법 강한 고수에 들 정도다.

물론 진선표국도 제법 세력이 있다 보니 표두급은 절정고수일 터다.

그러나 이 정도면 조장 정도는 될 터.

"진가의방의 서건이라고 합니다. 잘 부탁드립니다."

"별말씀을. 그럼 바로 떠나시겠소?"

"예, 부탁드리지요."

서건이 대문 밖으로 나선다.

장호는 그런 사형을 보며 고개를 숙여 보였다.

서건이 피식 웃으며 손을 흔들었다.

"다음에 보자. 잘 지내라."

"예, 사형. 몸 보중하시고, 나중에 뵙겠습니다."

그렇게 서건은 진가의방을 떠났다.

혼자 남은 장호는 진가의방을 조용히 보았다.

                    *   *   *

여름이 오고 있다.

진가의방에는 이제 장호 혼자 남았다. 그 혼자서는 이 진가의방을 완전히 꾸릴 수가 없었다.

우선 할 일이 너무 많다.

청소에서부터 빨래까지 자질구레한 일들도 있지만, 약을 조제하고 약재를 다루는 일들도 해야만 했다.

사실 전생에 장호는 실제로 의방을 경영한 적이 있었다.

그러니까 그의 나이 삼십삼 세 때의 일이다.

절정고수도 되었겠다, 돈도 제법 벌었겠다 싶어서 어디 한 군데 정착을 하고 싶어졌던 것이다.

그리고 의방은 잘 운영되었다.

그 당시에 장호는 제자라고 해야 할 수 있는 존재도 두긴 했었다.

사실 제자라기보다는 시중을 들 아이를 몇 명 뽑아 썼었다.

의동이라는 존재 말이다.

물론 그들을 쓰기 위해서는 그들에게 의술의 일부를 가르쳐야 했고, 그것은 당연한 일이기도 했다.

의동이 괜히 있는 것이 아닌 것이다.

그러나 장호 스스로가 의술을 어렵사리 체득했듯이, 그 당시 의동들에게 의술을 잘 가르쳐 주지는 않았다.

그런 의미에서 스승인 진서의 가르침은 평범한 상황은 결코 아니었다.

스승의 은혜는 하늘과 같다.

그런 마음이 절로 일어날 수밖에 없었다.

사실 장호로서는 스승의 아래에서 배운 적이 없었으므로 더더욱 진서의 마음을 절실하게 느꼈는지도 모른다.

여하튼 장호는 이제 진가의방의 주인이며, 이관이라는 마을의 하나뿐인 의원이 되었다.

장호는 이 마을을 떠날 생각이 전혀 없었다.

몇 년 후 전염병이 이 마을을 덮치겠지만, 그건 미리 준비해 두면 피해를 줄일 수 있다고 생각했다.

게다가 그의 두 형은 원접신공을 익히고 있고, 지금에 와서는 대략 삼 년 치의 내공을 가졌다.

전염병이 창궐하는 그 때까지 두 형이 내공수련을 꾸준히 한다면 못해도 이십 년치의 내공은 가질 터다.

그 정도면 전염병에는 절대로 걸리지 않을 것이다.

이십 년 내공이면 그 양만 보았을 때 일류 소리는 들을 수 있는 수준으로, 중소규모의 문파 중에는 일류무사의 수가 그리 많지 않았으니 상당히 특별하다고 보아야 했다.

물론 그 내공을 제대로 사용하는 방법은 가르치지 않았다.

두 형이 괜히 어설프게 싸우다가 어디선가 칼침 맞고 죽지 않기를 바라서다.

어렸을 적부터 강호에 뜻을 두고 무공을 수련하고 실전 수련을 한다고 해도 첫 전투 시 죽을 수 있는 것이 강호다.

살인 감각.

그것 때문이다.

애초에 살인이라는 것은 쉬운 문제가 아니다.

일반 백성들은 살인에 대한 막연한 공포와 두려움을 가지고 있다.

그것은 명문대파의 제자들이라고 해도 마찬가지다.

어렸을 적부터 그들이 배우는 것 자체가 사람을 죽이는 기술이나, 실제로 사람을 죽이면 충격에 빠지는 거다.

물론 지금의 장호야 사람 죽이는 것 정도는 아무것도 아니다.

전생에 이런 꼴 저런 꼴 다 보았는데, 이제 와서 무서워할 리가 있겠는가?

도리어 단호하게 손을 쓰는 편이었다.

덕분에 여이빙도 구하지 않았던가?

"어디 보자."

여하튼 장호는 서건이 떠난 다음 가장 먼저 금전 계산을 시작했다.

진가의방에 남은 재산이 얼마나 있는지 파악하기 위함이다.

진서 의원은 죽기 전에 나름 정리를 하려고 한 모양인지 돈을 빌려주거나 빌린 적은 없었다.

대부분 현물로 있었고 돈도 현금으로 가지고 있었다.

이 마을에 전장이 없어서 생긴 일이다.

우선 현금만 금자로 백오십 냥이나 있었다. 어마어마한 거금으로, 은자로 치면 무려 천오백 냥.

사실 이 돈만 있어도 평생 놀고먹을 돈이다.

은자 열두 냥이면 조금 가난하더라도 일 년간 먹고사는 데 지장이 없는 돈이지 않은가?

그런데 그 백 배가 넘는 돈이라니?

그러나 장호는 그리 많다고 여기지는 않았다.

이관의 단 하나뿐인 의방인데다가 여기의 약은 제법 효과가 좋아 이 마을을 지나는 상인들과 표사들도 자주 들러 약을 사 간다.

그러니 이 정도 재산을 쌓은 것은 당연한 것일지도 모른다.

그 외에 여러 약재의 재고를 정확히 파악하고 기타 여러 의술에 필요한 재료와 도구들도 확인했다.

주로 서건이 하던 일이라 장호로서는 꼼꼼한 확인이 필요 했던 것이다.

그렇게 모든 것을 파악하고 나서 장호는 고민에 빠졌다.

어쩐다?

의방을 제대로 기능하게 하기 위해서는 우선 청소와 정리를 할 하인이 한 명 필요했다.

그리고 제대로 약재를 다룰 사람도 필요했다.

이게 사실 최소한의 숫자다.

문제는 약재를 다루는 사람이다.

약재를 다루는 것은 제법 오래 가르쳐야 한다.

장호는 예외적인 존재이고, 서건의 경우에도 거의 일 년간은 배워야 했다.

장호도 처음 왔을 때 약초가 적힌 서책을 한 달간 공부하지 않았던가?

본래는 한 석 달은 공부하면서 실제로 약초를 보는 안목을 훈련받아야 할 일이었다.

그럼 의동을 받아야 하나?

장호는 잠시 고민했다.

그의 나이가 이제 겨우 열네 살이다. 그 안에는 서른 중반의 능구렁이가 들어 있다지만, 여하튼 겉으로는 십사 세다.

그런 그가 의동을 쓴다는 건 어찌 보면 웃기는 모습이 될 수도 있었다.

그러나 아니 쓸 수도 없다.

둘째 형 장삼은 제대로 결심했는지 숙수 밑에 가서 요리를 배우는 중이다.

그리고 장일은 여전히 약초 농사를 하고 있는 중이고.

두 형에게 자신의 밑으로 와서 일하라고 말하기에는 조금 껄끄러웠다.

두 형에게 의술을 가르쳐 볼까도 고민했지만, 장호 그 자신이 동생의 입장이라 이미 자신의 직업을 찾은 두 형에게 강권하기에는 애매했다.

또한 의술이 상위의 지식이고, 신분 변천의 수단으로써 몹시 쓸 만한 것은 사실이나 그럴 경우 두 형과 헤어질 수도 있다.

이 좁은 마을에 의원이 세 명이나 있을 필요는 없지 않겠는가?

게다가 두 형이 장가를 가면 더더욱 그렇다.

거기까지 생각하자 장호는 조금 씁쓸한 기분이 들었다.

"장가라. 그러고 보면 형들 장가보내긴 해야겠는데……."

이미 장일은 장가를 가고도 남을 나이이나 집안 사정이 그 모양이라 장가는커녕 여자와 자본 적도 없었다.

그나마 장삼은 품앗이를 하고 다니면서 어쩌다 경험을 해 본 모양인데, 그렇다고 해도 역시 장삼도 결혼은 꿈도 못 꾸고 있었다.

두 형을 장가보낸다라.

갑자기 그런 생각을 하기 시작하자, 장호는 뭔가 기이하고 괴이한 기분을 느껴야 했다.

마치 자식을 떠나보내는 부모의 마음이라고 할까?

"쩝쩝, 돈 계산하다 말고 이게 무슨 궁상이야. 그건 우선 나중에 생각하자."

장호는 상념을 털어버리고 원래의 생각으로 되돌아왔다.

우선은 아이를 고용한다.

어른에 비하여 아이는 일하는 능력이 부족하니 한 번에 네 명 정도는 데려다가 써야겠지.

장호는 그렇게 결정을 내렸다.

*   *   *

이관.

정확히는 이관현이다.

그리고 이관현의 중심지는 당연히 이 이관이라는 마을이다.

가호는 약 천여 호. 사람은 대략 삼천여 명 정도 산다.

그러나 이 마을이 바로 이관현의 중심지다.

이관현에는 대략 열두 개의 마을이 속해 있고, 전부 해서 오천 호 정도 된다.

이관현 자체도 그리 큰 현은 아니라는 말이다.

이관현은 이 마을 이관을 중심으로 하여 사방 삼십 리정도를 뜻하고, 그 사이사이에 마을들이 있었다.

그런 마을들을 왔다 갔다 하는 보부상들도 당연히 있고, 각 마을에는 현청의 지소가 존재하기도 한다.

여하튼 이 이관이 현의 중심이다 보니 현청이 존재하고 현청에 속한 관병과 현령도 물론 있다.

그러나 워낙 작은 마을이다 보니까 거지는 없다.

겨우 삼천여 명이 살아가는 마을이니 거지가 있을 리

없지 않은가?

그리 부유한 곳도 아니라서 일을 안 하면 그냥 굶어 죽어야 한다.

문제는 거기서 생겼다.

거지가 없다 보니 쓸 만한 아이를 구하기가 어려운 것이다.

마을에 아이들이 없는 것은 아니지만, 그 수가 많지도 않고 각각의 집안에서 자기네 집안일 돕기도 바빴다.

어린아이라고 해서 일을 안 한다고 생각하면 오산이다.

농가의 자식은 어렸을 적부터 일을 배워야 했다.

그래서 장호는 어린아이들을 구한다는 계획에 차질이 생겼다.

대도시로 가면 유리걸식하는 아이들을 떼거지로 볼 수 있지만, 이런 산골에서는 그런 일이 흔한 것이 아닌 것이다.

자, 어쩐다?

장호는 고민했다.

이제 슬슬 여름이 오고 있으니 작년처럼 배탈약을 부지런히 만들어두어야 하는데, 현재로서는 일손이 딸린다.

그렇다고 어른을 일꾼으로 쓰자니 자기 말을 잘 안 들을 것 같아서 좀 꺼려졌다.

물론 장호가 두팔을 걷어붙이고서 두드려 패면 말을 듣겠지만, 그러면 무공을 익힌 것이 들통 나지 않겠는가?

그런 일은 지양하고 싶은 장호였다.

결론은 쉽게 나왔다.

직접 아이들을 데려온다.

그러기 위해서는 짧은 여행이 필요할 터였다.

이 이관현에서 걸어서 삼 일을 가면 나오는 곳에 제법 큰 도시가 하나 있다.

인구만 해도 이만여 명이 살아가는 곳이고, 유동 인구는 그보다 더 많은 곳이다.

교역의 요충지로써 많은 상인이 들렀다가 가는 곳이라 그러하다.

그곳에는 부모도 없이 유리걸식하는 아이들이 제법 있었다.

장호는 그렇게 결심하고 짐을 싸기 시작했다.

우선은 돈을 숨기는 것이 먼저다.

그가 여행을 다녀오는 사이에 도둑이 든다면 이 금자들을 그냥 보아 넘기지 않을 것은 뻔하지 않겠는가?

게다가 이 의방의 약재들도 제법 돈이 된다.

그러나 약재 정도야 털려도 좋다.

현재 의방에는 귀중한 약재는 없고, 전부 합해봤자 금자 다섯 냥 정도의 가치를 가지고 있을 뿐이다.

그것보다는 현금인 금자 백오십 냥이 더 중하지 않겠는가?

장호는 우선 금자 삼십 냥을 챙겼다.

그리고는 의방의 한쪽에 땅을 아주아주 깊이 파고는 거기에 금자를 묻었다.

얼마나 깊이 팠냐면, 거의 이 장에 가깝게 팠으니 어지간한 도둑들은 결코 발견하지도 파내지도 못하리라.

여하튼 그렇게 조치를 취한 장호는 두 형에게 잠시 약재를 사러 옆 도시에 다녀온다고 말하였다.

장호가 무공을 깊이 있게 익히고 있다는 사실을 알고 있는 두 형은 별다른 말은 하지 않았다.

그렇게 장호는 열네 살의 어린아이지만 겉모습은 이미 열여덟 살처럼 보이는 상태로 이관 마을을 잠시 떠나게 되었다.

*　　*　　*

"이보게, 소형제. 자네가 의원이라면서? 이 친구 좀 봐주면 안 되겠나?"

타닥타닥.

모닥불이 피어오르고, 그 근처에는 장정들이 둘러 앉아 있었다.

마차가 다섯 대. 그리고 이 마차를 호위하기 위해서 서른여섯 명의 표사가 같이하고 있었다.

이들은 이관에 들러 약재를 산 상인들을 호위하기 위해서 파견된 보표로서 그냥 보표가 아니었다.

바로 소림제일속가제자인 번청산이 세운 표국인 금련표국의 표사들이었던 것이다.

번청산 자신이 소림제일속가제자 소리를 들을 정도의 고수로, 그 무위는 초절정의 경지에 올라 있다는 것이 세간의 평가다.

그는 비록 속가제자지만 명문에서 수련받았고, 당시 깊은 감명을 받았다.

때문에 그는 금련표국을 세우면서 소림사에서 배웠던 대로 제자들을 가르쳤다.

소림사뿐만 아니라 여러 명문대파는 본산제자가 아닌 속가제자들에게는 문파의 비전절기를 가르쳐 주지 않는다.

그러나 그 비전절기에서 파생되어 나온 무공들을 가르

쳤는데, 이 무공들이 비록 파생무공이라고는 하지만 강호에서는 비전절기 취급받아도 될 정도로 훌륭한 것이었다.

특히 번청산의 경우에는 그 자질을 인정받아 소림사의 절기인 칠십이종절예 중 하나를 배울 수 있는 영광까지 얻은 자였다.

그는 소림사에서 육합권과 나한권을 배운 권법의 고수였는데, 칠십이종절예 중에는 일지선을 배워 손을 사용해서는 그의 적수가 될 이가 드물다는 평가를 받은 사람이기도 했다.

육합권과 나한권이 강호에 비록 흔하다지만 소림에서 정통 수학해서 그런지 그의 삼권을 받아내는 자가 드문 것이 강호의 현실이었다.

그런 그가 천하십대지공(天下十大指功)으로 꼽히는 일지선을 익혔으니, 그의 손에 걸리는 거의 대부분의 것은 그냥 박살 난다고 해도 좋을 정도였다.

여하튼 그런 그가 가르친 제자가 정확히 열두 명.

그 열두 명이 바로 금련표국의 십이표두(十二鏢頭)라 불리우는 유명인인데, 이들 열두 명 전원이 무려 절정고수였다.

그리고 이 십이표두들도 각기 제자를 두었는데, 그들

이 바로 금련표국의 표사인 셈이다.

즉, 금련표국은 표국업을 하고 있으나 사실은 문파나 다름이 없는 집단이었다.

그리고 명문 소림사의 속가제자가 세운 곳이라 그런지 금련표국의 표사들 역시 수준이 몹시 높았다.

나이 이십 세에 일류무사가 될 정도는 아니었지만, 적어도 금련표국의 표사 중에서 나이 삼십 세가 넘은 이들 중 일류무사가 되지 못한 이는 없는 수준이라고 할까?

중소규모의 문파 중에서는 단연 군계일학이라고 할 만했다.

게다가 규모도 제법 크다.

금련표국의 표사 수는 대략 오백여 명으로 알려져 있는데, 이들 전원이 일류무사 이상이라고 할 수 있으니 이 얼마나 강력한 세력인가?

다만 이들은 소림의 무공인 육합권과 나한권을 익힌 것은 아니었다.

권법은 다른 검법이나 도법 같은 무기를 사용하는 무공에 비하여 위협에 대처하기 어려운 점이 많기 때문이다.

경지에 이르면 권법이나 검법이나 무섭기는 매한가지지만 일류 수준에서는 권법이 검법보다 뒤떨어지는 면이 있었다.

때문에 번청산 자신은 권법의 고수이지만 제자들에게는 도법을 가르쳤다.

그 도법은 그가 고심하여 창안한 것으로 강호의 정세로 보면 적어도 절정무공이라 평가받을 그런 도법이었다.

내공심법으로는 소림에서 그 자신이 배운 나한공을 익히게 하고 도법으로 부심도라는 도법을 창안하여 가르치니 번청산의 표국이 번창하는 것도 무리는 아닐 것이다.

게다가 그는 그렇게 벌어들인 수익중 일부를 소림사에 매년 기부하니 번청산의 뒤에는 소림사가 있는 것과 마찬가지가 아닌가?

그러니 더더욱 번창할 수밖에.

그런 면에서 보면 번청산도 확실히 대단한 인물이긴 했다.

그가 무공이 강한 것과 별개로 사업 수완도 대단하기 때문이다.

여하튼 그런 번청산의 금련표국이 마침 이관을 지나가고 있었고, 장호는 그런 금련표국의 표사들에게 정식으로 의뢰하여 정양이라는 도시로 향하게 된 것이다.

정양의 아래로는 산서성의 성도인 태원이 있다.

태원은 인구 이십만 명 이상의 거대한 도시지만, 거기까지 갈 생각은 없는 장호였다.

"어디… 뭔가 잘못 드셨나 보군요."

모닥불 한쪽에서 장호를 부르는 소리가 있었다.

금련표국의 표사들의 조장인 조청산이라는 사내였다.

무위는 척 봐도 일류는 되는 듯했는데, 내력이 제법으로 보였다.

싸우는 모습은 본 적 없으나 저 정도면 거의 삼십 년 정도의 내공은 가지고 있을 것으로 짐작되는 것이다.

나이는 이제 막 사십이 된 듯했는데, 저 정도면 명문대파 출신이 아닌 것 치고는 몹시 훌륭한 무위였다.

조청산은 옆에서 얼굴이 푸르딩딩하게 된 사내를 가리키고 있었다.

그 역시 표사로서 조청산의 아래에 있는 수하 중 한 명이었다.

"아— 해보세요. 아."

장호는 실제로 십사 세지만 워낙 키가 크다 보니 다들 열여섯 살에서 열여덟 살 정도로 보았다.

어려 보이면 신뢰성이 떨어지므로 장호는 굳이 자신의 나이를 밝히지 않았다.

그렇기에 이렇게 환자를 보이는 것이리라.

푸르딩딩한 얼굴의 사내가 입을 벌리자 입에서 악취가 나왔다.

"허이구, 이빨 좀 닦고 사세요. 냄새 좀 보게. 일단 혀 좀 내밀어봐요."

혀를 내미는데 혀에 백태가 잔뜩이다.

장호는 입안을 요리조리 살펴보고는 그의 손을 잡았다.

이어 맥을 짚어보고는 손을 그의 배로 가져가 여기저기를 누르고, 매만지고, 두드린 다음에 결론을 내렸다.

사실 상대가 무인이 아니라면 기감으로 진맥하여 더 빨리 알아냈을 테지만 그거야 어쩔 수 없는 일이 아니겠는가?

"식중독입니다. 말 그대로 뭔가 잘못 먹어서 독에 중독된 것과 같은 현상이 벌어진 거죠."

"식중독? 식중독이라고?"

이 시대의 의학 지식이나 문화 수준은 크게 낙후되어 있다. 그런데 조청산이라는 사내는 식중독을 아는 눈치다.

식중독은 말 그대로 독소가 있는 음식을 먹어 탈이 나는 거다.

독을 먹었으니 배가 무사할 리가 있겠는가?

물론 보통의 식중독은 배탈이 나서 설사를 하고 끝나는 경우가 많다.

화장실을 자주 가야겠지만 죽을 정도는 아니다.

그러나 무엇을 먹었느냐에 따라서 이 식중독의 위협 강도는 크게 달라지기 마련이다.

"이 덜떨어진 놈은 대체 어디서 뭘 주워 먹고 식중독 따위에 걸린 거야? 너 이 자식, 돌아가면 두고 보자."

조청산이 이를 갈았다.

"조, 조장님."

수하는 울상을 짓는다.

그런데 장호의 표정이 자못 심각해졌다.

"그런데 조 대협, 이건 조금 심한 것 같습니다. 내버려 두면 죽을지도 모르겠는데요."

정말이었다.

보통 무인이 식중독에 안색까지 푸르딩딩하게 변할 리가 없지 않겠는가?

이건 뭘 잘못 먹어도 한참이나 잘못 먹은 그런 상태였다.

적절한 조치를 취하지 못한다면 탈진과 탈수 현상으로 정말 죽을 수도 있었다.

"그, 그게 정말이오, 소형제? 단순한 식중독이 아닌

거요?"

"식중독은 식중독인데, 독에 가까운 뭔가를 먹은 것 같습니다. 이런 말 하기 좀 그렇긴 합니다만, 금련표국의 수련은 소림사의 것을 따라 엄하다고 들었습니다. 사실입니까?"

조청산의 표정이 딱딱하게 굳었다.

"흠, 그 말은 맞는 말이네. 그런데 왜 그런 걸 묻나?"

"그럼 조 대협의 내공은 어느 정도 되십니까?"

그건 강호의 금기였다.

조청산의 표정이 조금 험악해졌고, 주변 표사들의 표정도 그랬다.

그러나 장호는 더 심각한 표정을 지어 보이며 푸르딩딩한 안색의 사내를 가리켰다.

"정확히 말씀 안 하셔도 됩니다. 조 대협의 내공이 훌륭한 것은 사실 묻지 않아도 알 수 있으니까요. 문제는 바로 거기에 있습니다. 제가 알기로 내공이 순후하신 분들의 경우에는 독에 저항력이 꽤 있는 것으로 압니다. 그럼 이분도 금련표국의 표사이시니 내공의 수련이 어떨지는 짐작이 가지요. 그런 분이 뭔가를 먹고 이 정도가 되었습니다. 자, 제가 말씀 드리려는 것을 이해하시겠지요?"

장호의 장황한 말은 이거였다.

이 사람이 뭘 먹었는지는 모르겠으나, 그게 사람을 해칠 정도로 제법 강한 독성을 가졌다는 거다.

그걸 알아들은 조청산의 표정이 변했다.

진짜 심각한 표정이 된 것이다.

"살릴 수 있겠소?"

"음, 뭐, 죽을 수도 있다고 말씀드린 것은 조금 과장된 것이기는 합니다. 내공으로 속을 다스리고 한 십 일 정도 정양하면 나을 테지요. 하지만 지금은 표행 중이 아닙니까? 이런 상태로 표행을 다니면 정말 죽을 수도 있습니다. 혹은 만성적인 속병을 앓게 되겠지요."

그 말에 조청산은 후우 하고 한숨을 내쉬었다.

"당장 죽지는 않는다는 말이구려. 그래, 이 녀석의 속이 병신이 되지 않으려면 따로 마을 같은 곳에서 치료를 하라는 말이오?"

"뭐, 약간의 금전만 쓰면 그러지 않아도 되긴 합니다."

"금전?"

"약을 쓰면 되지요. 마침 저의 스승님께서는 속을 다스리는 데 탁월한 약을 저에게 가르쳐 주셨습니다. 저 상인 분들이 마침 약초를 가지고 가니, 혹 제게 필요한 약초를 그들이 판다면 무료로 치료해 드리겠습니다."

그 말은 치료비는 안 받을 테니 약값은 알아서 하라는 의미였다.

그런 장호의 말에 조청산은 호의를 담은 미소를 히죽 지어 보였다.

"전송!"

"예, 조장님."

"어서 가서 상인 중 한 명 불러와라."

"그럽죠."

"자, 그럼 소형제. 필요한 약재가 뭔가?"

"우선 자소엽과 하수오가 필요하군요. 대추도 있으면 좋긴 한데……."

장호는 그렇게 약재를 불러주었다.

第五章

정양이라는 도시

누구나 친구를 갈구한다.
그것은 외로움을 떨칠 수 없기 때문이다.

강호야사 제갈곡

의원귀환

　심한 식중독에 걸린 금련표국의 표사를 치료하면서,
장호는 금련표국의 표사들에게 호의를 살 수 있었다.

　"소형제의 의술은 확실히 남다르군. 이틀 만에 저 멍
청한 녀석을 돌려놓다니. 내 다시 봤네."

　"남다르기는요. 그저 스승님이 잘 가르쳐 주신 덕분이
지요."

　"하하하. 진서 노의원이 명의인 것은 알았지만 제자를
이리 잘 키웠을 줄은 몰랐어. 그래, 정양에 가는 건 무슨
이유인가?"

"사람을 좀 구하러 갑니다. 이래저래 사정이 있어서."

"사람을? 웬 사람?"

이렇게 참견을 하는 것을 보면 조청산은 확실히 호기심이 많은 사람이었다.

그런 조청산의 질문에 장호는 사정을 설명했다.

일할 의동을 구하는데, 마을에 사람이 적어 마땅히 의동으로 쓸 만한 아이들이 없다는 것에 대한 설명이었다.

그 말에 조청산은 확실히 옳다는 듯이 고개를 끄덕였다.

의동이란 단순한 심부름꾼이 아니다. 의술도 전수를 받는 존재인 것이다.

그런 이를 어중이떠중이를 데려다가 쓸 수는 없는 노릇 아닌가.

사실 의가의 의동이나 무림문파의 제자나 거기서 거기였다.

명문세가의 자제라면 모르겠으나 대부분의 무림문파의 제자들은 가난한 집안의 자식이나 유리걸식하는 거지가 출신이 꽤 많다.

명문대파들은 제자를 거두어들일 때 그 심성과 재능을 보기 때문이다.

세상에 아이는 많고, 각각의 신분에 따라 골고루 있겠

지만 어디 명문세가에서 재능이 있다고 해서 아이를 제자로 줄 리 만무하다. 게다가 세상 사람 중 대다수는 빈민이다.

그러니 그중 재능 있는 아이 역시도 당연히 압도적으로 많은 빈민, 서민, 거지 중에 많을 수밖에.

요컨대 확률의 문제다.

구파일방이라고 부르는 명문대파 대부분이 도가, 불가, 거지의 무욕을 강조하는 집단이다 보니 더더욱 그런 경향이 있었다.

"호, 거기까지 미치다니… 생각이 깊군그래. 진서 의원님이 돌아가시고서 어찌 될까 싶었는데, 그 말을 들으니 걱정이 싹 가시는구먼."

"칭찬 감사합니다."

"그래, 의원님은 편히 가셨는가?"

"예. 행복하시다 하셨으니 불민한 저로서는 마음이 조금이나마 편해지지요."

"하하. 자네가 제자 노릇을 톡톡히 했나 보이."

조청산의 말에 장호는 빙그레 미소를 지을 뿐이었다.

소중한 두 형을 지키고자 했었다.

그런데 본래 이어지지 않았을 인연이 이어지고 스승의 소중함을 알게 되었다.

아마도.

이 따스하고 안타까운 마음을 평생 가지고 가겠지.

좋기도 하고 슬프기도 하다.

이별의 아픔을 겪을 거라면 차라리 만나지 말 것을.

아니, 그래도 스승님의 은혜는 너무 행복했어.

상반된 마음이 그의 안에서 꿈틀거린다.

"자, 저기가 정양일세."

"정양은 처음이네요."

"응? 처음인가?"

"이관현을 나선 것이 이번이 처음이거든요."

장호는 저 멀리 보이는 정양이라는 도시를 바라보았다.

자, 이제 저기서 쓸 만한 아이들을 찾을 수 있을까?

＊　　　＊　　　＊

차가운 새벽의 공기에 장호는 조용히 눈을 뜬다.

아직은 해가 뜨지 않은 이른 새벽. 그는 객잔의 방 안에서 몸을 일으키고 가부좌를 하고 앉아 천천히 호흡을 가다듬는다.

천지자연의 기운이 그의 안으로 들어선다.

음기와 양기가 각기 들어와 그의 내부에서 충돌을 일으키고, 그것은 곧 선천의선진기로 화하였다.

그의 체질은 무골로 바뀌었고, 그간 꾸준히 약을 복용하여 내공 증진을 보조하였다.

그렇기에 그는 의선문 역사상 가장 빠르게 내공을 모으는 중이었다.

이미 일 갑자의 선천의선강기를 지닌 장호이기에 사실 하루 정도는 잠을 아예 자지 않아도 운기하는 것만으로도 충분하다.

하지만 수련을 정양에 왔다 해서 멈출 수는 없었다. 그래서 이렇게 이른 시간에 일어나서는 내공을 수련했다.

어제 정양에 들어와 객잔을 잡고 거리를 돌아다니면서 사람들을 관찰했었다.

그러나 어제는 별다른 성과가 없었다.

오늘도 그럴지도 모른다. 그러나 무공수련은 멈추어서는 안 되었다.

금련표국의 사람들과 다닐 적에는 무공을 제대로 수련하지 못하였으나 지금은 아니지 않은가?

무공이란 한시도 게을리해서는 안 되는 법이다.

그렇게 내공수련을 끝내고, 이번에는 초식 수련에 들어갔다.

의선행신공을 수련하는 것이다.

그리고 또 다시 다른 무공을 수련했다.

바로 심류장이었다.

의선행신공은 다 좋은데 공격 초식이 없다는 문제가 있었다.

지극히 수비적인 무공이었고, 그나마 있는 거라고는 엄밀히 말해 공격이라고 보기 힘든 반격기밖에 없었다.

즉, 상대의 공격을 받아 흘리거나 와해하고, 빈틈을 이용해서 손, 발을 뻗는 초식이라고나 할까?

그것도 그냥 평범한 수준의 공격이었다.

그래서 장호는 최근 심류장을 수련 중이다.

의선행신공으로 적에게 빈틈을 드러나게 하고, 그 빈틈으로 심류장을 때린다는 게 골자였다.

심류장은 내가중수법으로는 절정무공과 비슷할 정도인 데다가, 순도 높은 선천의선강기의 진기는 어지간한 호신기막을 투과할 수 있을 정도의 힘을 지녔다.

즉, 이 심류장에 맞으면 어지간한 자들은 크나큰 내상을 입거나 즉사할 수 있었다.

그리고 그것이야말로 그가 노리는 바다.

그는 과거에도 그랬고 지금도 그렇지만 효율이라는 것을 중요시 여겼다.

일반적인 강호인들과 지극히 다른 그만의 특징이었다.

확! 확!

심류장을 수련하고 나자 드디어 해가 떴다.

그러나 아직은 이른 오전.

장호는 권검투공도 수련하였다.

그 이유는 간단하다. 다수의 하수를 제압할 때 쓰기 위해서다.

상대가 그리 강하지 않은 하수이고 다수라면 굳이 의선행신공으로 방어를 고집할 필요가 없다.

앞으로 나서서 하나둘 때려잡으면 될 일이 아닌가?

그렇기에 권검투공도 수련한 것이다.

그렇게 수련을 끝마치자 아침 해가 상당히 떠올라 세상이 밝아졌다.

장호는 수련을 중단하고 아침을 먹으러 객실을 나섰다.

*   *   *

금마전장.

금마장이라고 하는 곳에서 세운 전장으로, 그 신용은

중원제일이라고 해도 과언이 아니었다.

금마장은 금마상단, 금마표국, 금마전장, 금마공방, 금마건설의 다섯 가지 사업을 벌이는 것으로 알려져 있는데, 전부 굵직굵직한 사업이다.

금마표국은 금련표국에 비해서 조금 처진다고는 하지만 그 구성원이 무려 천육백 명이나 되는 무시무시하게 거대한 집단이었다.

비록 금마표국의 표사들은 금련표국의 표사들처럼 정예는 아니지만 압도적이라고 할 만큼 많은 수로 세력을 떨치고 있었다.

게다가 일류고수가 부족할 뿐 절정고수의 수는 도리어 금련표국을 능가하는 것이 바로 금마표국이다.

금마십육표두라고 부르는 이들은 전원 절정고수로 알려져 있었으니 말 다한 셈이지 않겠는가?

게다가 금마표국주는 금마장주의 직전제자로서 그는 초절정의 경지에 오른 이라고 한다.

그러니 금마장 산하의 금마전장의 신용이 중원제일일 수밖에.

여하튼 금마전장에 가지고온 금자를 대부분 맡긴 장호는 전표를 가지고서 밖으로 나왔다.

지금 전장에 맡긴 돈은 혹시 모를 비자금이다.

나중에 급할 때 쓰기 위한 돈.

그러려고 돈을 가져온 거였다.

"오늘도 좀 돌아볼까."

장호는 전장에 들러 돈을 맡기고는 천천히 빈민가를 향해 걸었다.

빈민가에 가보면 고아들도 있고 가난한 집의 자식들도 있었다.

장호는 그래도 가능하면 고아들을 데려가려고 생각했기에 가급적 부모가 있는 아이들은 보지 않으려고 했다.

"흠."

빈민가의 사람은 대부분이 비쩍 말라 있었고, 영양 상태도 좋지 못한 탓인지 눈에 황달도 있었다.

의원인 장호로서도 그 모습을 보면서 마음이 편하지가 않았다.

그렇다고 자신이 일일이 고쳐줄 수도 없다. 못 먹어서 생긴 병은 먹어야 낫는다.

그런데 먹을 돈이 있어야 할 것이 아닌가?

장호가 치료할 수 없는 영역이었다.

가난은 나랏님도 구제하지 못하는 일이라는 말도 있지 않던가. 게다가 지금 장호는 이곳에 의동을 구하기 위해 온 것이다.

장호는 그런 생각을 하면서 빈민가를 돌아다니면서 유심히 아이들을 살폈다.

여덟 살 무렵부터 열두 살까지가 장호가 적당하다고 보는 나이였다.

"······!"

그러던 어느 순간.

장호는 자신의 주변을 둘러싸는 험상궂게 생긴 사람들을 볼 수 있었다.

"어이, 꼬마야. 부모님도 없이 어디를 그리 돌아다니는 거냐?"

"객잔에 혼자 머물고 있다며? 그 돈을 우리에게도 좀 적선해 주면 좋겠는데."

"어디 한 군데 부러지기 전에 순순히 돈을 내놔라."

나이는 많아 봐야 서른 정도로 지저분한 작자들이었다.

제대로 씻지 않아 땟국물이 흐르고, 옷은 헤져 있다. 지극히 가난한 빈민들이다.

장호가 객잔에 묵고 있다는 것은 또 어떻게 안 건지.

장호는 잠시 한숨을 내쉬었다.

"비켜, 이것들아. 나 바빠. 너네야말로 어디 한 군데 부러지고 싶냐?"

"……."

"……."

장호의 입에서 나온 소리에 모두가 놀라 어벙한 표정을 지었다.

어이가 없었던 것이다.

그도 그럴 것이 장호를 둘러싼 장정의 수가 네 명이다.

그런데 서생처럼 보이는 장호가 조금도 놀라지 않고 하대를 하니 놀랄 수밖에.

그러나 곧 그 놀람은 분노로 바뀌었다.

"이 새끼가 지금 뭐라고 씨부리고 있는 거야!"

"조져! 이 새끼 살아 돌아갈……."

네 명 중 하나가 조져! 라고 외치고 뭐라고 소리를 지를 때였다.

장호는 그를 향해 일 보를 내디뎠다.

그리고 자연스레 손을 뻗어서 손바닥을 펴고 그의 턱을 후려쳤다.

따귀 따위가 아니다.

장타라고 부르는 것으로 손바닥의 중심부, 그러니까 손목과 연결된 부위로 턱을 후려친 거다.

이렇게 깨끗하게 장타가 턱을 때리면 턱이 돌아가면서 뇌가 흔들린다.

그리 강하게 때리지 않아도 이거 한 방에 감각기관에 혼란이 와서 다리가 풀리고 시선이 돌아가게 되어 있었다.

그가 그랬다.

"어?"

사내는 털썩 하고 주저앉아 버렸던 것이다.

"겨우 그 정도 실력으로 살지 죽을지를 논하는 게 아니야."

"야! 이 새끼 조져!"

하나가 쓰러졌지만 아직 자신들의 수를 믿는지, 나머지 세 명이 분노의 괴성을 토하며 달려들었지만 장호는 그저 한숨만 내쉴 뿐이다.

"휴, 어쩔 수 없군."

내공이 없더라도 수십 년간 무공을 수련해 온 장호다.

하물며 지금은 일 갑자의 선천의선강기를 가지고 있는 상태다.

이런 자들의 막싸움 따위가 장호에게 위해를 끼치는 것은 불가능한 일이었다.

장호는 우선 권검타공의 수법으로 옆에서 달려오는 자의 턱을 주먹으로 후려쳤다.

빽!

소리가 나며 턱이 홱! 돌아가고, 그도 뒤로 넘어져 버렸다. 그리고는 몸을 빙글 돌려서 뒤쪽의 사내를 향해 수도를 휘둘렀다.

픽!

사내의 목에 수도가 틀어박히자, 사내는 으억! 하고 소리를 내면서 쓰러졌다.

이제 달려들던 사내의 수는 순식간에 한 명으로 줄어들었다.

남은 사내 하나가 그 모습을 보더니 놀라서는 어버버거리면서 멈추어 서 있었다.

"이봐, 뼈 부러지고 싶어?"

"히, 히익! 강, 강호인이다!"

그러더니 쓰러진 사람들을 남겨두고 후다닥 도망을 가버린다.

"이런……."

장호는 고개를 절레절레 흔들었다. 먹고사는 것이 힘드니 사람들이 점점 악해지고 있다.

그러나 어쩔 수 없다는 것을 장호도 안다.

생존본능은 사람이 어쩔 수 없이 가지고 있는 내제된 본성이고, 생존을 위해서는 인간이 악으로 규정한 행동 따위는 문제가 될 것이 없어지기 때문이다.

아주 먼 옛날.

대기근이 왔을 때에는 심지어 서로의 아이를 바꾸어 삶아 먹는 일까지 있었을 정도였다.

"아직도 내 돈이 필요한가?"

장호의 말에 쓰러져 있던 사내들마저 비틀거리며 자리를 떠났다.

그 후로 날파리들이 꼬이지는 않았지만 적당한 아이는 찾기 힘들었다.

"후우. 내가 나이가 있었으면 적당한 사람을 좀 구할 텐데……."

장호는 자신이 아직 어리다는 사실에 불편함을 느끼며 걸음을 옮겼다.

*　　　*　　　*

장호가 빈민가를 둘러보고 마을의 여기저기를 돌아다닌 지 나흘이 지났다.

동안 꽤 많은 아이를 볼 수 있었으나 그리 마음에 드는 아이가 없었다.

어디나 그렇겠지만 빈민이나 서민의 아이들의 경우 못 배운 이가 태반이고 먹고살기가 어렵다.

먹고살기 어렵기에 본성이 탁해지니 데려다 쓰기도 참 뭐 했다.

그렇다고 어린아이가 신의니 마음이니 하는 것을 말할 수 있다면 그것도 웃기는 일이다.

그런 아이를 천재라고 하지 않던가?

기실 생각해 보면 장호도 어린 시절에는 그저 코찔찔이에 불과했다.

"후, 내가 욕심이 과했나 보군. 그냥 적당히 데려가서 일이나 시켜야겠다."

장호는 고개를 흔들었다.

그냥 좀 보다가 거짓말을 안 할 것 같아 보이는 아이들이나 데려가야겠다고 생각한 것이다.

그러자면 아무래도 거지가 나을 것이다. 먹여주고 재워준다면 일은 잘하지 않겠는가?

장호는 그냥 그렇게 하기로 결정을 내렸다.

그리고 저잣거리로 나가서는 거지패들을 자세히 살폈다.

도시가 크다 보니 거지가 제법 있었고, 거지들이 패를 이루기도 하였다.

거지들은 동냥으로 먹고살았는데, 세상이 각박하다 보니 동냥으로 먹고살기도 어려웠다.

때문에 거지들이 주로 노리는 것은 객잔의 음식 쓰레기들이다.

그런 음식 쓰레기들을 가져다가 푹 끓여 먹으면 그래도 탈은 나지 않는다는 것을 아는 까닭이다.

문득 저런 거지들 사이에는 개방도도 있을 수가 있다는 생각이 들었다.

아무래도 이 도시는 제법 크니 개방도가 있어도 이상하지 않을 터.

'그럼 거지는 뺄까?'

개방도가 자리 잡은 지역의 거지들은 그래도 다른 거지들보다 낫다.

일단 개방의 거지는 강호인이고, 비록 거지 생활을 한다지만 어디 가서도 무시받지 않는다.

그래서 개방의 거지가 자리하고 있으면 거지들에게 기부금 비슷한 것이 들어온다. 그것은 그리 큰돈은 아니지만 애초에 거지는 사치와 향락을 일삼지도 않으니 그 적은 돈만으로도 개방의 거지들은 만족하며 살아간다.

게다가 개방도가 있으면 흑도의 무법자들도 자제를 하는 편이다.

개방을 건드리면 귀찮음을 넘어서 생명의 위협을 당할 수가 있기 때문이다.

개방은 세력이 강호제일이다.

십만개방도라는 말이 있으나 사실 그것은 과장이고 실제 개방도의 숫자는 대략 삼만에서 오만 명에 가깝다는 것이 중론이다.

강호의 명문대파인 소림, 화산, 무당 같은 곳들도 그 수가 기실 이천을 넘지 않으니 개방의 방도가 무려 열 배에서 이십 배나 된다는 의미이다.

그것은 개방이 극단적인 문파이기에 그런 것이기도 했다.

개방도들은 그들 스스로를 위한 유지보수비가 거의 들지 않는다.

게다가 개방은 명문방파라는 이름답게 돈 안 들이고 수련하는 방법도 대대로 구전되어 전수되어 왔다.

그러다 보니 숫자를 거의 무한정하게 늘일 수 있다는 장점이 있는 것이다.

다만 너무 방대한 숫자다 보니 개방은 그들의 방도 수가 몇 명인지 그들 스스로도 제대로 모를 정도로 조직이 조금 허술하게 운영되는 면이 있었다.

하지만 개방은 그 방대한 규모만으로도 무척 위험하고 귀찮은 방파다.

예를 들어 무당과 원수가 졌다고 해보자. 그러면 무당

산이 자리한 하남성에 가지 않으면 이 넓은 중원에서 무당파를 만날 일은 없다.

그러나 개방도는 강호 어디에나 있고, 끈질기기는 천하제일이다.

그들과 척을 지면 세외까지 달아나지 않는 이상 매번 충돌을 해야 했다.

이 정양 정도면 어떨까?

있겠지, 개방도.

"흐음."

거지 말고, 그러면 가난한 집 자식으로 할까?

부모가 있으면 그나마 안정감이 있고, 가끔 집에 보내주면 될 텐데.

그런데 빈민가에서도 별로 똘똘한 애는 못 보았는 걸?

"오늘도 허탕인가."

아예 태원까지 가봐?

태원이면 인구 수십만의 거대 도시다.

산서성의 성도이고 산서성 절도사가 기거하는 곳이니 아무래도 그럴 수밖에.

그쪽에 가면 더 많은 사람을 볼 수 있을 테니 그래도 될 터였다.

"흠, 그럼 태원에 가봐야겠다."

장호는 간단하게 그렇게 결정했다.

*   *   *

태원에 가기 위해서 장호는 다시 표국을 알아보았다.

일전에 금련표국은 정양을 지나 태원으로 가는 길이었기 때문에 지금은 없었던 것이다.

정양에도 쓸 만한 표국이 하나 있었다.

북현표국이라는 곳이었는데, 그 역사가 제법 길어서 벌써 문을 연 지 팔십 년이나 된 곳이라고 했다.

전전대 북현표국주가 무당파의 제자인데, 그 이후로도 쭉 무당파와 교류하고 표국주의 혈족들을 무당파의 속가 제자로 들여 보내어 무당파의 무공을 배웠다 한다.

그들이 무당파로부터 배워 익힌 것은 소청검법이라는 것으로, 무당파의 태청검법의 기본이 되는 무공이었다.

태청검법 하면 강호에서는 상승절학으로 인정하는 현묘한 무공이다.

대성하기는 어렵지만, 대성하면 강호에서도 손꼽히는 검수가 될 수 있었다.

그런 태청검법의 기본이 되는 소청검법은 상승절학과 절정무공의 사이에 위치한 검법.

당연히 이것도 강한 위력을 지녔다.

본시 속가문파는 그들의 제자에게 속가무공을 가르칠 권한이 있어서, 이 북현표국의 표사는 대부분이 소청검법을 익힌 자들이었다.

북형표국에서 마침 태원으로 가는 표행이 있었고, 장호는 보표의 호위비를 지불하고 그들을 따라갈 수 있었다.

第六章

태원에서

산서성은 예전부터 여러 민족이 싸우던 장소 중 하나이다.

중원의 역사

태원은 태행산맥에 둘러싸인 분지에 위치해 있는 거대도시이다.

분지가 무척 넓어서 그 안에 도시가 생성된 것이다.

고대로부터 이 태원은 군사와 교역의 요충지로 주목받아왔다.

군사적으로 중요한 이유는 북쪽의 몽골, 돌궐을 막아내는 가장 큰 요새가 있는 곳이기 때문이며, 교역으로 중요한 이유는 이곳이 중원의 북방지대로 통하는 관문도시나 다름없기 때문이었다.

산서성에서 북으로 가면 초원과 동토의 대지가 나온다.

그곳에 사는 자들과의 교역로가 바로 태원을 지나게 되어 있는 것이다.

교역로는 곧 군사공격로이기도 하니 군사, 교역의 요충지가 될 만했다.

명제국이 처음 들어서던 당시만 해도 여기에는 태원부가 설치되었고, 원나라의 잔당을 처리하기 위한 교두보로 쓰였다.

그 당시 명태조 주원장이 사용했다던 건물들이 아직 남아 있는 곳이기도 했다.

그런 태원에는 심심치 않게 몽골족이나 돌궐족의 사람들을 볼 수가 있었다.

교역을 위해서 온 자들인 셈이다.

태원에 도착한 장호는 오랜만에 본 거대 도시의 모습에 감회에 휩싸여 있었다.

전생에 장호는 이런 거대 도시에 의방을 열었었다.

그의 의술 실력이 높아서 제법 유명한 명사가 되었지 않았던가.

생각해 보면 의방을 연 덕분에 제갈화린을 만난 것이기도 하다.

자신은 천생 의원을 할 팔자인가?

장호는 후후 하고 웃고는 우선 객잔을 잡았다.

여기는 정양과는 비교도 할 수 없는 거대 도시이니만큼 제법 발품을 팔아야 할 터였다.

장호는 여기저기를 조금 둘러보다가 태원의 성벽 외곽 안쪽에 위치한 객잔 중 하나에 들어섰다.

그다지 돈을 낭비하고 싶은 생각이 없기에 그럭저럭 낡고 쓸 만한 객잔을 찾은 거다.

그렇다고 완전히 사람이 없는 그런 곳에는 가봤자 불쾌함만 더할 뿐이다.

그래서 저렴해 보이지만 사람이 제법 있는 객잔을 찾았다.

마침 그런 객잔이 하나 있었는데, 소룡객잔이라는 곳이 바로 그곳이었다.

"어서 오세요."

객잔에 들어가자 몹시 귀여워 보이는 어린 소녀가 달려왔다.

크면 미인이 되겠는데? 그렇게 생각할 정도로 귀여운 여아였다.

"식사를 하시겠어요? 아니면, 방이 필요하신가요? 목욕도 가능해요."

"방도 주고 목욕도 준비해 주겠니? 목욕은 탕이 따로 있나?"

"예, 탕은 뒤뜰에 준비되어 있는 곳에서 따로 하셔야 해요."

"그럼 준비 좀 해줘. 가격은?"

"하루 머무르시고 한 번 목욕하실 거라면 동전 이백 문이에요."

동전 열 문에 소면 한 그릇을 먹을 수 있으니 제법 비싼 가격이긴 했다.

하지만 적절한 가격이기도 하다.

여기는 대도시고, 방 값보다 뜨거운 목욕물 값이 더 나간다. 장작 값 때문이다.

장작을 구하려면 태원에서 제법 나가서 벌목을 해야 하니 값이 나갈 수밖에.

"이걸 주마. 목욕물을 준비하면서 식사도 적당히 내오거라. 남는 돈은 네가 가지고."

"감, 감사합니다!"

여아는 그리 말하고는 얼른 은자를 받아 챙겨 넣었다. 그리고는 손수 장호를 데리고 객잔의 이 층으로 향했다.

일 층은 식당이고, 이 층부터가 객실이 있는 곳인 모양이다.

여아는 이 층으로 향하더니 어느 방의 문을 열쇠로 열었다.

장호가 들어가 보니 제법 깔끔했다.

"여기 열쇠예요. 목욕물을 준비하는 데는 반 시진 정도 걸리는데 어떻게 하시겠어요?"

"개인 탕이야?"

"예."

"그러면 여기 아래 내려가서 밥부터 먹지, 뭐. 탕류로 적당히 가져다줘. 뜨끈한 걸 먹고 싶거든."

"예, 그럴게요."

장호는 방을 확인하고서 짐을 내려놓고 문을 잠그고 밖으로 나왔다.

그리고 소녀를 따라서 일 층 식당으로 향했다.

식당에 가서 앉으니 그녀는 재빠르게 주방으로 달려갔다.

그리고는 뭐라고 주문을 넣고는 계산대의 사내에게 달려가 은자를 내밀고 돈을 거슬러 받는다.

저 중 남은 돈은 여아의 것이 되리라.

그리고 있자니 뜨끈한 산라탕이라는 이름의 요리와 만두가 같이 나왔다.

만두는 그 껍질이 제법 두터웠는데, 향기가 꽤나 좋았다.

여기 요리 솜씨가 꽤 제법이군. 솜씨 좋은 숙수가 있나?

그렇게 생각하며 산라탕을 한 숟가락 떠 마시고, 만두를 씹었다.

향만큼 맛도 확실히 괜찮았다.

그렇게 그가 식사를 하는 동안에도 여아는 여기저기 돌아다니면서 손님의 요구를 받기 바빴다.

소녀와 소년 한 명.

이 두 명이 객잔의 점소이인가 보다.

어린아이들을 점소이로 쓰는 거야 비일비재한 일이니 그리 놀라울 만한 일도 아니었다.

식사를 마치고 차를 주문했다. 흔한 엽차다.

차를 느긋이 마시면서 입맛을 헹구고 있자니 여아랑 비슷하게 생긴 소년이 달려와서는 말했다.

"손님, 목욕물 준비 다 되었습니다."

"그래? 가자."

장호는 소년을 따라서 목욕탕이 있다는 뒤뜰로 향했다.

걸음을 옮기던 장호가 문득 소년에게 물었다.

"네 동생이냐? 아니면 누나냐?"

"누나입니다."

"그래? 나이 차이는?"

"한 살이에요."

"그렇구먼. 부모님은 계시냐?"

"이 년 전에 돌아가셨는데……."

"아하."

제법 똑똑하고 일도 잘하네. 마침 고아이기도 하고.

장호는 요리조리 소년을 바라보았다.

조금 이따 가서는 여아도 다시 한 번 살펴볼 참이었다.

"여기예요."

목욕탕은 제법 쓸 만했다.

큰 항아리가 화덕 위에 올려져 있었고, 그 아래에서는 불이 타오르고 있었다.

물이 끓고 있었으니 그 물을 퍼다가 쓰면 될 일이다.

한쪽에는 차가운 물이 담긴 항아리가 있었고, 또 다른 한쪽에는 나무로 만든 조그마한 욕조가 있었다.

사람 한 명이 들어가 앉으면 딱 맞을 그런 욕조다.

"그래, 수고했다."

장호는 소년에게 동전을 몇 개 쥐어주고서는 보내었다.

혼자 남은 장호는 옷을 벗었다.

촤악.

뜨거운 물을 붓고 차가운 물을 섞었다.

물을 적당히 뜨뜻하게 만든 장호는 욕조에 몸을 담갔다.

생각해 보면 이렇게 목욕을 하는 것도 참 오랜만이었다.

"그래. 저 두 녀석을 데려다 쓰자. 여기보다 대우는 좋게 해주면 되지."

장호는 그렇게 결심했다.

*   *   *

"어라."

막 목욕을 끝내고 미리 사온 옷으로 갈아입던 장호는 객잔 쪽에서 들려오는 시끄러운 소음에 눈을 찌푸렸다.

이건 아무리 봐도 강호인의 짓이다. 도검이 부딪치는 소리가 들리기 때문이었다.

객잔 안에서 난투를 벌이다니.

그러나 이 역시 비일비재한 일이기도 했다.

객잔은 주로 사람이 모이는 곳이다 보니 분쟁 장소로서 손색이 없다.

왜 그런 이야기 있지 않은가?

객잔에 가서 밥을 먹고 있는데 누군가 들어와 시비를 걸더라.

그리고 칼싸움.

몹시 흔한 일이다.

"후우, 어떤 놈들이 지랄이야?"

장호는 참견할까 하다가 고개를 흔들었다.

강호의 일에 쉽게 끼어들었다가는 패가망신하는 경우가 많다.

그래도 들어가 보긴 해야 할 거다.

게다가 세상에서 제일 재미있는 것이 바로 싸움 구경 아니던가?

장호는 객잔 안으로 향했다.

"이 씨불넘들이!"

안쪽에 들어가니 웬 털보 장한이 세 명의 지저분한 사내와 싸우고 있었다.

세 명의 꼴을 보아하니 그저 삼류 낭인의 무리인 듯했다.

그나마 털보 장한은 그들 세 명보다는 훨씬 나아 보

였다.

가장 먼저 볼 것은 복장이다. 질 좋은 가죽으로 만든 신발을 신고 있었고, 옷도 털가죽으로 만든 제법 돈을 쓴 티가 나는 옷이었다.

그에 비해서 세 명의 낭인은 헤진 옷을 대충 걸쳤고, 칼도 제대로 관리가 되지 않아 낡아 빠져 있었다.

그에 비해 털보 장한이 든 귀두도는 날이 시퍼런 것이 길도 잘 들고 관리도 잘되어 있었다.

우선 서로의 상태에서부터 차이가 났다.

그리고 실력도 차이가 났다.

쾅! 쾅!

털보 장한이 귀두도를 들고 날뛰자 세 명은 가까스로 그 귀두도를 합심해서 막아내고 있었던 것이다.

힘에서 밀리고 속도에서 밀렸다.

그런데 이 녀석들은 왜 싸우는 거야?

싸움을 지켜보던 장호는 주변을 둘러보고 깜짝 놀라야 했다.

여아의 볼이 시퍼렇게 부어오른 상태였던 것이다.

아무리 봐도 따귀를 맞은 모습이었다.

객잔에는 이미 손님 대부분이 도망갔고, 주인만이 애타는 눈으로 저들의 싸움을 지켜보고 있었다.

여아는 뺨을 한 손으로 감싸 쥔 채로 눈을 치켜뜨고서 털보 장한을 노려보고 있고, 여아의 남동생은 걱정 어린 표정으로 여아의 옆에 있었다.

"으악!"

그러는 사이 귀두도가 세 명의 낭인 중 한 명의 복부를 길게 사선으로 베어냈다.

근육까지 베이진 않았지만 피부가 제법 베여 피가 흥건하게 나오고 고통도 제법 있어 보였다.

그래도 치명상은 아니다.

치료만 잘하면 파상풍 걱정도 없이 잘 살 수 있을 거다.

그러나 저렇게 상처가 나면 싸움의 세가 기울게 마련이다.

상처 입은 자가 뒤로 물러나며 바닥을 구르고, 두 명으론 털보 장한을 막기 어렵다.

"흐흐흐, 그러게 입을 함부로 놀리는 게 아니야. 오늘 네놈들 목을 따고 저 계집을 취해야겠어. 키야! 돈도 얻고 계집도 얻으니 운수대통이로군."

아아, 어떻게 된 일인지 알겠구면.

장호는 고개를 절레절레 내저었다.

아마도 저 털보가 점소이 소녀를 건드리려 했던 모양

이었다.

그래서 저 여아의 뺨이 부어오른 거고.

그걸 보고 세 낭인이 욕설을 내뱉었을 터.

딱히 도와주려고 하진 않았을 거다.

다만 낭인은 대부분이 성격이 거친 이들이니만치 좋은 말을 하진 않았을 거고, 그게 싸움의 발단이 된 거다.

그리고 저 귀두도의 털보는 제법 강해서 저 세 낭인을 저리 쉽게 손봐주는 것일 테고 말이다.

딱 보니 낭인들은 이류 정도 수준인데 반해서 귀두도의 털보는 일류는 되어 보였다.

정말 이상하단 말이야.

저렇게 폭급하고 성격도 개판인데 일류무사까지 갈 수 있다는 게 말이지.

장호는 지금까지 살아오면서 그게 정말 이상하다고 생각했다.

일전에 장일과 장삼, 그리고 서건도 그러했지만 내공 수련이라는 것은 정말 보통의 인내력으로는 안 되는 일이다.

육체를 수련하는 것이 힘들기는 더 힘든데, 기괴하게도 내공수련 쪽을 더 견디기 어려워한다.

그런데 저런 폭급한 성격을 가진 이들이 내공이 제법

훌륭한 경우가 상당히 많은데, 그 말은 내공수련을 열심히 했다는 말 아닌가?

저런 성격으로 어떻게 그게 가능한 걸까?

장호로서는 정말 이상할 수밖에 없다고 생각되는 부분이었다.

그나저나 저 여아는 꽤 당차네그랴.

노려보고 있는 것 좀 봐. 마음에 드는데?

그리고 저 남동생 놈도 제법 똑똑한 것 같고. 흐음흐음.

좋아, 좋군. 데려다 써야겠어.

그러려면 일단 저 털보 놈부터 치워야겠지.

"크크. 감히 이 혈귀도 손헌 님을 화나게 했으니 목을 내놔야 할 거야."

혈귀도는 또 뭐야? 하여튼 유치하기는.

장호는 혀를 차면서 앞으로 나섰다.

"어이, 털보. 그만하시지?"

"뭐? 털보라고?"

스스로를 혈귀도 손헌이라고 칭했던 털보 장한은 두 눈을 부릅뜨면서 소리가 들린 방향을 보았다.

그곳에는 장호가 머리를 수건으로 북북 문지르면서 서 있었다.

"왜. 너 털보 맞잖아. 털도 많구먼. 원숭이냐?"

"이 개잡종 새끼가?"

쿵, 쿵, 쿵.

화난 걸음으로 귀두도를 들고서 장호에게 가까이 다가온 혈귀도 손헌은 제법 키가 컸다.

칠 척에 가까운 키로 장호보다 머리가 하나 더 큰 정도였다.

"이 새끼야, 다시 한 번 주둥이 나불거려 봐. 뭐라고했지?"

"원숭이냐고 물었잖아. 귀도 먹은 건 아니겠지?"

"이 시펄놈이!"

쐐에엑!

귀두도가 급작스럽게 허공을 갈랐다.

혈귀도 손헌의 분노와 제법 강력한 내력이 실린 두툼한 귀두도가 사선으로 그어져 내려왔다.

그러나 장호는 그런 손헌에게 수건을 던졌다. 그리고손을 들어 귀두도를 내려찍고 있던 손의 손목을 후려갈겼다.

퍽!

"으악!"

귀두도를 쥐고 있던 손헌의 손목이 부러지면서 덜렁거

렸다.

당연히 그의 손은 귀두도를 흘리고 말았다.

텅! 챙그랑!

귀두도가 땅바닥을 굴렀다.

손헌이 얼굴에 들러 붙은 수건을 치우며 상처 입은 야수 같은 표정으로 뒤로 물러섰다.

"뭐하는 놈이냐!"

"뭐하는 놈인지 알면 뭐하려고? 이런 일로 죽이고 싶진 않으니까 꺼져."

장호의 말에 그의 두 눈이 시뻘개졌다. 분노로 이성이 마비되는 모양이다.

"좆까, 새꺄!"

그러더니 허리춤에서 비수 하나를 뽑아 달려든다.

방금 전의 일은 수건 때문에 당한 일이라 생각하는 것이 틀림없었다.

이쯤 되니 장호는 생각을 고쳐먹었다.

관을 봐야 눈물을 흘릴 놈이로세.

물론 죽어서 관에 들어가면 눈물도 못 흘리겠지만.

야수처럼 달려오는 손헌의 모습을 보면서 장호는 그런 잡생각을 하다가 몸을 움직였다.

손헌의 움직임에는 빈틈이 너무 많았고, 장호는 그중

한 방위를 점하였다.

그리고 그의 손이 무정하게 뻗어진다.

퍽.

조금 작은 소리였다. 그리고 손헌의 몸도 작게 움찔! 했을 뿐이다.

그런데 그는 비수를 찌르려던 자세 그대로 멈추어 섰다.

"쯧. 쓸데없는 짓을 했나."

멈추어 선 털보 장한.

그러나 그의 내부에서는 지금 무서운 일이 벌어지고 있었다.

단지 오 푼의 공력을 썼다. 선천의선강기를 오 푼 정도 쓴 거다.

그 오 푼의 공력을 계산하면 삼 년 정도도 안 되는 내력이다.

그런데 그 내력은 지금 털보 장한의 내부를 완전히 찢어 버렸다.

순수함이 지나치게 높기 때문이다.

순수한 힘은 적은 양에도 불구하고 강력해서 어지간하면 흩어지지 않고 계속 체내를 갉아댔다.

첫 일격에 심장이 박살 났다.

심류장에 의하여 내력이 안으로 스며들었기 때문이다.

그것 때문에 이 털보의 몸이 멈춘 것이었다.

그런데 그 장력은 계속 남아서 위를 찢고, 내장을 찢었으며, 근육도 곤죽으로 만들었다.

만약 누가 이 장한의 배를 가르고 내부를 보게 된다면 그 무시무시함에 안색이 변하고 말리라.

장호도 심류장으로 사내를 때렸을 때 이 사실을 알았다.

심류장과 선천의성강기의 만남은 이런 살인적인 위력을 내고 말았다.

잘못 손을 쓰면 희대의 살인마가 될 정도였다.

장호는 자신의 손바닥을 내려다보면서 심류장을 좀 더 수련해야겠다는 생각을 하게 되었다.

*   *   *

털보 장한은 제법 많은 돈을 가지고 있었다. 금자가 다섯 냥 나오고 은자가 열다섯 냥이 나왔으니 제법 돈을 많이 가지고 있는 셈이었다.

그리고 이런저런 잡다한 물건도 있었는데 그중에는 독

약도 있었다.

독을 쓰던 놈이었나? 하고 장호는 궁금해했지만, 이내 관심을 접었다.

뭐 어쩌랴. 어차피 죽은 놈인데.

시체는 관인들이 수거해 갔다.

관병들은 기본적으로 강호인들끼리 싸우는 것에는 관여하지 않았다.

대신 돈을 받고 시체를 치워준다.

장호도 그들에게 돈을 지불했고, 그들은 시체를 가져가 버렸다.

장호는 죽은 털보의 돈과 귀두도를 얻은 것에 만족해했다.

그리고 세 명의 낭인 중 크게 상처가 난 이의 상처를 치료해 주고 객잔 주인에게 피해 보상금 명목으로 은자 한 냥을 건네 주었다.

딱히 장호가 문제를 일으킨 것은 아니지만 일을 부드럽게 처리하기 위한 처신이었다.

여하튼 그렇게 정리를 하고 나니 저녁에는 다시 장사를 할 수 있게끔 되었고, 장호는 귀빈 대접을 받고 있었다.

방도 제일 좋은 방으로 옮겨주었으며, 음식도 맛있는

것을 저렴한 가격에 내놓았다.

장호로서도 만족스러운 일이었다.

그러나 사실 장호는 그것보다는 다른 것에 관심이 많았다.

"그래, 이름이 뭐지?"

바로 눈앞의 소녀에 대한 것이다.

그녀의 볼은 털보의 손바닥에 얻어맞아 파랗게 부어 있었고, 이빨도 몇 개 부러져 있었다.

내버려 두면 골격이 상할 우려가 있다.

장호는 스스로가 의원임을 밝히고 그녀에게 무료로 치료해 주겠노라고 말하였다.

그 결과가 이거다.

야심한 시각에 어여쁜 여아가 그의 방 안에 있다.

즉, 단둘뿐이다.

"이연이에요."

"이연이라. 예쁜 이름이구나."

"감사합니다."

"그나저나 어디 보자. 이빨은 어차피 다시 자랄 거다. 그래도 상처가 크지 않아 다행이군. 부은 것은 내가 만든 이 고약을 바르면 빠르게 나을 거야."

장호가 고약을 내밀어 볼에 발라주고 입 안쪽의 볼 부

분에도 발라주었다.

소녀는 이마를 찡그리며 아픔을 참아냈다.

"그리고 근처에 침을 몇 개 놓으면 부기 빠지는 속도도 빨라지지."

그리고서 침을 놓는 장호. 능숙하고 익숙한 솜씨였다.

"자, 그리고 이 약을 적어도 삼 일간 먹으면 더 나을 게다."

장호는 친절하게 치료를 해주었고, 소녀는 조금은 감격한 묘한 표정이 되어서 고맙다고 인사했다.

*　　　*　　　*

소년과 소녀는 어디 가지 않는다. 그래서 장호는 두 명 외에 의동으로 쓸 만한 아이들이 없을까 하고 태원 내를 돌아다녔다.

그러나 역시 별다른 소득이 없었다.

다른 객잔에 가서 일하고 있는 소년들을 지켜보았으나 소룡객잔의 두 아이만큼 마음에 드는 아이는 없었다.

그냥 둘만 데리고 가버릴까?

장호는 그런 생각까지 할 정도였다.

아이 둘로는 일손이 조금 딸린다. 애초에 아이를 네 명

구하려고 했던 것도 그런 이유 아니던가?

그러나 마음에 안 드는 아이들을 쓸 거면 조금 빡빡해도 차라리 아이 둘을 쓰는 게 낫지 않을까 하는 생각이 들었다.

어느 쪽이 나을 것인가?

이건 좀 고민을 해봐야겠군.

第七章

너네 의동 좀 해볼래?

기회가 오면 붙잡는 것이 좋다.

선택의 기로

장호는 며칠간 태원에 머무르면서 그의 마음에 드는 아이들을 구하려 했으나 결국 찾아내지 못했다.

　그래서 결과적으로 이연과 이진 남매를 데려가기로 결정했다.

　이연이 누나, 이진이 남동생이다.

　수가 부족하지만 어쩔 수 없는 일이다.

　마음에 안 드는 아이들을 쓰는 것보다는 숫자를 줄이는 쪽이 낫다고 생각한 것이었다.

　자, 그러면 어떻게 이야기를 꺼낸다?

장호는 생각에 잠겼다.

"장 의원님, 식사 나왔습니다."

"그래, 고맙구나."

장호는 음식을 가져온 소녀 이연에게 간단히 답례를 하고서 젓가락을 집어 들었다.

이연의 볼의 부기는 많이 가라앉았고, 피부가 상했던 것도 거의 치유되었다.

이빨 쪽도 다시 자라는 중이다.

성인이었다면 이빨이 다시 자라지 않았겠지만, 어렸을 적에 빠진 이빨은 다시 자라니 다행이었다.

여하튼 그렇게 이연이 가져온 식사를 하면서 주변을 둘러보니 사람이 없었다.

계산대의 주인이 꾸벅꾸벅 졸고 있는 걸 본 장호는 문득 지금이 좋은 순간이 아닌가 싶었다.

그래도 주인이 옆에 있는 동안에 말을 하는 것은 좀 그렇다.

장호는 이연을 불렀다.

"이것 좀 객방에 올려다오. 위에서 먹어야겠다."

"예."

이연은 별다른 말 없이 요리가 담긴 접시들을 집어 들었다.

장호가 먼저 방으로 향했고, 그 뒤를 이연이 따랐다.

손님 중에 종종 객방에서 식사를 하는 이들이 있는 탓이기도 하고, 장호도 종종 객방에서 먹었기 때문이다.

그렇게 방에 올라가 식탁에 음식을 늘어놓았다.

장호는 자리에 앉은 다음 나가려는 이연을 불러 세웠다.

"이연. 잠깐 여기 앉아봐라. 할 이야기가 있거든."

"예? 예."

의문을 드러냈던 그녀는 일단 순순히 장호의 앞에 앉았다.

그녀에게 장호는 드물게도 호의를 보여준 어른이었고, 강한 무인이었으며, 의원이었다.

사실 그녀의 눈에 동경이 자리하지 않을 수가 없는 것이다.

"내가 태원에 온 이유에 대해서 말한 적이 없었는데, 오늘 너에게 그 이유를 말하기 위해서 잠시 앉으라 했다."

그런 이유를 굳이 말하려는 건 왜인가요?

이연은 자신의 목까지 올라온 말을 삼켰다.

"나는 의원이고, 강호인이지. 그런데 보다시피 조금은

젊지?"

"예, 조금요."

"그런데 이번에 의방을 하나 차리게 되었는데, 내가 젊다 보니 나이 많은 일꾼을 쓰기가 조금 그렇더구나. 그래서 나보다 어린아이 중에서 의동으로 일을 할 만한 아이들을 찾아보려고 이렇게 태원까지 온 거다."

장호는 솔직하게 말을 이었다.

"의동이 뭔지 혹시 모를까 싶어서 말해주는 거다만, 내밑에서 의술도 배우고, 일도 하는 거지. 물론 숙식도 제공해."

장호는 가볍게 말하며 요리를 집어 먹었다.

그러나 그런 장호와 다르게 이연은 그 예쁜 눈을 크게뜨고 있었다.

"그래서, 내가 너에게 이런 이야기를 하는 이유는 너도 이미 눈치챘겠지?"

"의, 의동으로 저를 쓰고 싶으시다는 건가요?"

"그래. 넌 내가 알기로 열두 살이고, 그럼에도 불구하고 꽤나 영리하지. 그리고 네 동생은 심지가 굳으니 내가 의동으로 쓰기에 적합하다고 생각하거든. 어떠냐? 나를 따라갈래?"

"아……."

장호의 말에 이연은 뭔가에 홀린 표정이 되었다.

"나중에 하는 거 봐서 잘한다면 제자로 받을 생각이기도 하고."

장호의 말에 그녀는 잠시 두 눈을 깜빡인다. 그리고는 표정을 고치더니 눈을 조금 강하게 치켜떴다.

뭔가 결심을 한 듯한 눈빛이었다.

그녀는 자리에서 일어나 장호에게 천천히 몸을 숙여 보였다.

"저를 받아주셔서 감사합니다."

장호는 히죽 웃었다.

*   *   *

소룡객잔의 객잔주는 금자 한 냥을 받고는 이연과 이진 남매를 보내는 것에 동의해 주었다.

사실 동의 안 할 수도 없었다.

이연과 이진은 딱히 빚진 것도 없는 자유민이었고, 장호는 강호의 고수였다.

장호가 한 방에 사람을 죽이는 것을 보았으니 장호가 내민 금덩이 하나만 해도 이미 과한 포상이었다.

그렇게 두 아이는 장호의 의동이 되었다.

장호는 이연과 이진을 데리고 태원의 여러 표국으로 향했다.

그런데 도통 장호가 살던 이관현으로 가는 표행이 없었다.

표행이 없다면 결국 보표를 고용해야 하는데, 일반적으로 보표는 무척이나 비쌌다.

당연하지 않겠는가?

대량의 물품과 사람을 같이 보호하며 움직이는 표행과 사람 한두 명만을 보호하며 여행하는 보표.

가격이 심각한 수준으로 차이가 나는 데에는 전부 이유가 있는 셈이다.

보표 한두 명 정도라 같이 가는 정도면 그냥 장호 혼자 가는 것이 낫다.

어차피 보표 한두 명은 별 도움도 안 되는 것이다.

비록 내력은 높지 않다지만 장호는 지금도 절정고수이다.

내기의 수발이 일류 수준의 무인과는 비교를 불허하는 것이다.

게다가 의선행신공의 수련이 나날이 깊어지면서 더욱더 강해지고 있어서 어지간한 자들은 두렵지도 않았다.

하지만 두 아이를 데리고서 이관현까지 돌아가는 것은 확실히 위험한 일이었다.

강호라는 곳은 어떤 일이 생길지 모르는 곳이 아니던가?

비싸더라도 보표를 한 다섯 명 정도는 고용할까?

보통 표사 중에서 일급이라 부를 수 있는 자들은 일류무사이고, 한 달간 고용하는 데 금자 한 냥은 주어야 했다.

여기서 이관현까지는 대략 십 일 정도 거리인데, 왕복으로 치면 이십 일 정도다.

그러면 고용비는 대략 은자 여섯 냥 정도는 될 것이다.

그런 일류무사인 일급 표사를 다섯 명 정도 고용한다면 유사시에 방패막이로도, 그리고 전력으로도 크게 써먹을 만했다.

그러나 다섯 명이면 꽤나 비싸다.

금자 석 냥은 줘야 한다.

과거 서건 사형을 위해서 진선 표국의 표사를 세 명 고용하는 데 금자 다섯 냥이 들었는데, 그것은 서건의 고향이 멀기 때문.

아깝지만 별수 없나.

장호는 우선은 안전을 선택하기로 했다.

비록 장호가 절정고수라고는 해도, 그리고 스승님이 그에게 남겨준 상당한 내공이 있다고는 해도 혼자서 무모하게 여행을 가기에는 그간 보아온 것이 너무 많았던 탓이다.

그렇게 생각하고 태원에 위치한 금련표국의 지부로 향했다.

＊　　　＊　　　＊

금련표국.

그 발원은 아무래도 숭산이 자리한 하남성이다.

하남성에는 사실 금련표국 외에도 소림사의 속가, 방계 문파가 셀 수 없이 많아서 사실 금련표국은 하남에서 문을 열었음에도 하남성에서는 별다른 영업을 하지 못했다.

끼어들 거리가 없었던 것.

그래서 번청산은 과감하게 명문대파가 없는 산서성에 분점을 내고 이 분점에 많은 투자를 하게 된다.

기실 이 태원 지부가 본점이나 다름이 없도록 한 것이다.

실제로 금련표국주 번청산은 이 태원지부와 하남본점을 왕래하는데, 일 년의 절반은 산서성의 태원지부에서 보내고는 했다.

즉 두 집 살림을 한다고 할까?

지금에 와서는 그 영향력이 막강해져 본점이 있는 하남성에서도 여러 이권에 개입하여 사업을 하고 있다고 하니 번청산의 사업 수완이 보통은 아니었다.

이런 금련표국이지만 광병살마의 마병인 혈룡아의 운반을 의뢰받은 이후 망하게 된다.

혈룡아.

광병살마라고 하는 희대의 마인이자 대장장이가 있었다.

그는 주술에 능한 기괴한 인물이었는데, 괴이한 그 능력으로 스물다섯 가지의 마병을 만들었으니, 이를 광병이십오마병이라고 한다.

하나하나가 경천동지할 마병으로서, 이 마병을 손에 넣으면 능히 강호일절이 될 수 있다는 이야기가 떠도는 물건이었다.

그걸 금련표국에 맡긴 자들이 대체 누구인지는 장호가 서른 살이 넘을 때까지도 밝혀지지 않았지다.

여하튼 간에 장호의 전생에 혈룡아를 노린 자들의 암

투로 인해 금련표국이 찢겨 사라져 버렸다는 거다.

이후 결국 혈룡아 역시 어둠 속으로 사라졌으니 참으로 완벽한 차도살인지계라 아니할 수 없었다.

"어떻게 오셨소?"

금련표국에는 여러 사람이 들락거리고 있었고, 입구는 몹시 부산했다.

게다가 입구에는 손님을 맞이하는 문사가 몇 명이나 자리하고서는 방문 목적을 일일이 묻고 있었다.

안쪽이 어떻게 생겼는지도 모르는 손님에게는 확실히 효과적이다.

"보표를 고용하고 싶습니다만."

"보표 고용이오? 도현각으로 가보시오. 정문으로 들어가 왼쪽이오."

"감사합니다."

장호는 이연과 이진을 데리고 들어가 들은 대로 왼쪽으로 향했다.

"표국 안은 처음이니?"

"예. 강호인이 참 많네요."

"표국의 사람은 전부 무공을 익혔지. 너희도 부지런히 한다면 저들만큼 강해질 수 있을 게다."

"무, 무공도 가르쳐 주시는 겁니까?"

이진이 깜짝 놀라 묻는다.

"가르칠 거다. 다만 단계적으로 가르칠 생각이지만."

"아······."

이진은 동경의 눈으로 장호를 바라보았다.

그리고 이연은 조금 복잡한 표정이 되어 장호를 보았다.

"자자, 어서 가자."

장호는 그런 두 명을 데리고서는 안쪽으로 향했다.

도현각이라는 곳에 가니 그곳에도 접수 창구가 있었다.

그중 한 군데로 가자 문사가 장호를 보며 물었다.

"보표를 몇 명이나 구하시오?"

"다섯 명. 전부 일급으로 고용할까 합니다. 그리고 마차를 하나 대여하고, 식사나 잠자리를 만들어줄 잡역부 하나까지 대여할 수 있습니까?"

"일급으로 다섯이나?"

금련표국의 표사는 전원이 일류무사이다.

그러나 금련표국은 그런 일류무사들 사이에도 등급을 따로 매겨놓았다.

그것은 일류 수준의 무공을 가지고 있어도 특기나 적성, 그리고 성과 같은 것들에 따라서 공과를 평가하기 때문이다.

금련표국에서 일급 표사라면 적어도 열다섯 번의 임무에서 실패를 하지 않았으며, 독공과 추적술 같은 표행에 도움이 될 법한 특기를 익힌 이들이었다.

금련표국에서도 일급 표사는 그 수가 팔십여 명 정도일 뿐이라 그 가격은 더욱 비쌌다.

"안전제일주의라서요."

"흐음. 어디까지 가시오?"

"정양의 위쪽에 위치한 이관현입니다."

"이관현이라? 어디 보자. 흐음, 왕복으로 한 이십 일 정도는 걸리는 거리구먼. 일급 표사를 다섯 명 쓴다면 그것만으로도 금자 여섯 냥은 나올 거요."

장호가 생각했던 것보다 두 배는 더 비싼 금액이었다.

"그리고 마차에 마부 겸 잡역부로 쓸 사람을 한 명 추가한다면 금자로 일곱 냥이오."

"좋습니다. 계약하죠."

장호는 잠시 생각해 보다가 계약을 하기로 했다.

"그리고 되도록 조청산이라는 분이 좋을 것 같습니다. 그분이 없다면 다른 분도 괜찮긴 합니다."

"그리 조치해 보도록 하리다."

그렇게 장호는 금련표국에서 보표를 구하였다.

* * *

"이게 누구야? 장 형제!"

"오랜만입니다, 조 대협."

"하하, 대협이라고 할 것은 또 뭐 있겠나? 그래, 집에 간다고 들었네만."

"예. 마침 조대협이 있으니 다행입니다."

"그런데 태원부와 정양까지는 산적도 없는데 뭐 하러 이렇게 보표를 많이 고용했나? 나만 불러도 충분할 것을."

"만사불여튼튼이지요."

"흐음. 그런 태도는 확실히 좋네. 목숨은 하나뿐이니까."

"많은 이가 그걸 간과하다가 삼도천을 건너잖아요? 전 그러고 싶지는 않습니다."

그랬다.

장호는 전생에 많은 사선을 건넜다.

강호에서 혼자라는 것은 그런 의미다. 아주 조그마한 방심이 생명을 잃을 수도 있는 곳.

그리고 실제로 그가 죽을 뻔도 했고, 그가 같이 했던 이 중에도 무수히 많이 이가 죽었었다.

그러다 보니 더더욱 효율을 찾게 되고 무사안전제일주의가 되어갔다.

과거 그가 굳이 의방을 차렸던 것도 그런 이유가 있었다.

괜히 무림문파 만든답시고 앉아 있으면 볼꼴 못 볼꼴 많이 본다.

의방은 최소한 무림방파 간의 이권 다툼과는 거리가 있지 않은가?

게다가 돈도 꽤 벌고 생활도 윤택하다.

"참, 소개가 늦었군. 여기 이 친구들은 나와 동기네. 내가 부탁 좀 했지. 이 친구는 운형검 이곽이라고 하는데 환검의 고수야. 현혹되는 순간 목을 슥삭! 여기 이 떡대가 좋은 친구는 소림사에서 흘러나온 금종조를 익힌 친구로 철패갑 마환이라네. 소림 속가는 아니지만 사실 금종조가 강호에 널리 퍼져서 누구도 뭐라 안 하지 않나?"

운형검 이곽, 철패갑 마환.

둘 다 일류와 절정의 사이에 있는 무인으로, 이곳 산동 지방에서는 제법 이름을 날리는 자들이었다.

운형검 이곽은 금련표국에 들기 전부터 운형검이라는 별호로 유명했었고, 철패갑 마환은 어찌어찌 금종조를 익히고 낭인 일을 하다가 금련표국에 들어 새롭게 수련하여 고수가 된 인물이었다.

"여기 이 아줌마는……."

"조청산 오라버니, 누가 아줌마라고요?"

소개를 받던 미형의 삼십대 여인이 싱긋 웃어 보이며 살기를 피워 올린다.

장호는 그녀가 강호의 여성답게 당차다는 것을 알 수 있었다.

"으응? 험험. 내가 말이 헛 나왔나 보이. 여기 이 아리따운 여협은 비검낭 척유아라네. 비도술의 달인이지. 그리고 마지막으로 이쪽은 선혈도 고여궁이라는 친구지. 본 표국의 도법을 극성으로 익혀 무척 강하다네."

그렇게 조청산은 자신의 동료들을 소개해 주었다.

전부 한가락 하는 인물들이었고, 강호에서 오랜 시간 굴러먹은 자들이기도 했다.

보기만 해도 든든하다.

비록 이들이 완전한 절정고수는 아니라지만, 이들과 함께라면 별다른 큰 위기는 없으리라고 생각되었다.

"이관현의 의원인 장호라고 합니다. 여러 대협님의 도

움을 바랍니다."

"하하, 이 친구가 참 인사성이 밝지 않은가? 게다가 이 친구는 의술도 뛰어나다네. 저번에 호가 녀석을 이 녀석이 구해주었지."

"그 식중독 걸린 호가 말인가?"

"그렇다네."

"흐음. 그때 그 의원이 이런 어린 청년일 줄이야."

겉으로 보면 열여덟 살로 보이지만, 사실 열네 살이라는 걸 그들은 알까?

하지만 장호에게는 아무래도 상관없는 일이었다.

"그 아이들은 누군가?"

"의동으로 쓸 아이들입니다. 저희 세 명을 보호해 주시면 됩니다. 의뢰를 할 적에 같이 적었을 텐데요?"

"그거야 알지. 관계를 물은 것일세. 그나저나 의동이라. 그러면 자네의 제자 후보쯤 되나 보군."

"아무나 의동으로 들일 수야 없지 않겠습니까? 제가 나이가 좀 있다면 그냥 하인을 쓰고 말겠지만, 아직 어리다 보니 이리 의동을 두는 것이 낫습니다."

"그렇겠군. 자자. 그러면 말은 그만 하고 마차에 오르세나. 우리는 마차 옆에서 말을 타고 달릴 터이니 걱정하지 않아도 좋네."

"알겠습니다."

장호는 이연과 이진 남매에게 손짓했다.

셋이 마차에 오르고 일행은 이내 출발했다.

第八章

의방 운영은 그리 어렵지 않아

한 번 해본 일을 반복하면,

그것에 곧 익숙해진다.

경험

금련표국의 표사들과 마부는 일을 훌륭히 수행했다.

그들은 무사히 장호와 아이들을 의방에 데려다놓은 것이다.

"자, 여기가 오늘부터 너희가 기거할 진가의방이다."

오랜만에 돌아온 진가의방은 문을 닫아걸고 간 그날과 다름이 없었다.

도둑이 들었다거나 하지 않은 것이다.

이 작은 소도시의 외인은 대부분 표사와 상인들뿐이니 도둑이 들기에는 그리 적합하지 않은 곳이기는 했다.

여하튼 집에 돌아온 장호는 우선 두 아이가 기거할 방을 보여 주었다.

이연의 방과 이진의 방을 따로 준 것이다.

"따라오너라."

그리고 두 아이를 데리고 의방을 한 바퀴 돌았다.

"여기가 제약실이다. 그리고 여기는 환자실이고……."

의방의 구석구석을 돌며 뭐하는 곳이고 어떤 곳인지를 가르쳤다.

아이들은 똘망똘망한 눈으로 의방의 구조를 기억하려고 애썼다.

"나는 잠시 나갔다 올 테니 청소를 하고 있거라. 알았지?"

"네."

"꽤 비워두었기에 먼지가 많으니 부지런히 청소해야 할 게다. 아마 며칠은 걸릴 테니 우선은 너희가 쓸 방부터 쓸고 닦고 그 다음은 내 방을 쓸고 닦아 놓도록. 그래도 잠은 자야 하지 않겠느냐? 그다음으로는 부엌을 청소해 두어라. 돌아올 때에 먹을거리를 좀 사 오마. 쌀독에 쌀이 있으니 우선 그걸로 밥을 지어놓는 것도 좋겠지."

"네, 알겠습니다. 다녀오십시오."

낯선 곳일 텐데도 대답을 잘 한다. 그렇게 하나하나 지시를 내리고서 장호는 의방을 나섰다.

영리한 아이들이니 잘하리라고 믿었다.

"어? 장 의원 아냐! 어디 다녀온다더니. 벌써 온 거야?"

"왕 아저씨, 안녕하세요. 벌써요. 오늘 도착했죠."

"어휴. 봐도 적응이 안 된다니까. 진짜 겉만 보면 어린아이 같지 않다니까."

장호가 거의 한 달 만에 돌아온 것이라 사람들은 장호를 반갑게 맞이하였다.

그런 그들에게 일일이 답변하면서 장호는 간단하게 장을 본 다음 집으로 향했다.

아직 오후가 안 되었으니 집에 가보아도 형들은 없을 것이 분명하다.

사실 당연한 일이다. 아직 일을 할 시간이니까.

그럼에도 집에 가는 이유는 별게 아니었다. 두 형이 돌아오기 전에 요리를 해두고 싶기 때문이다.

그렇게 부지런히 집으로 향한 장호는 집의 굴뚝에서 연기가 솟구쳐 오르는 것을 볼 수 있었다.

형들이 와 있나?

그렇게 생각하면서 집에 갔다.

그리고 대문을 열고 들어가 부엌에 도착해서 본 것은 전혀 의외의 광경이었다.

"여, 안녕?"

이보쇼. 당신이 왜 여기 있는 거요?

장호는 멍청한 표정이 되어서 앞을 바라보았다.

거기에는 몹시도 예쁘고, 색정적인 소녀가 쭈그리고 앉아서는 구운 고구마를 아궁이의 불속에서 꺼내 까먹고 있었다.

*　　　*　　　*

"아, 맛있었다."

"이빙 누나? 제 집에서 대체 뭐 하고 있었던 거죠?"

여이빙.

후에 혈암요녀라 불리우는 희대의 마녀이다.

물론 그녀는 딱히 나쁜 짓은 하지 않았지만, 그녀의 존재 자체가 사실 나쁘다.

그녀는 천색성을 타고 났기 때문이다.

천색성이 뭐냐고?

혹시 천살성이라고 아는가?

천살성은 말 그대로 하늘이 내린 대살성으로, 살인 능력에 있어서는 절대고수가 와도 어쩔 수 없는 살인병기 같은 존재이다.

일단 무골로 치면 천품을 능가하는 최고최강의 무골을 타고 나는 데다가 밑도 끝도 없는 인간에 대한 살의를 가지고 있다.

어째서 그렇게 태어나는지는 모르나, 천살성의 존재는 십중팔구 무공을 익히게 되는데 어렸을 적에 죽이지 않으면 거의 대부분이 절대고수가 되어 수없이 많은 사람을 죽여댄다.

그게 천살성이다.

그나마 다행이라면 살기가 너무 강해서 광인이 되어버린다는 것?

만약 인간을 죽이고자 하는 살의가 머리 꼭대기 차오른 이가 차가운 이성을 가져 강호를 혼란에 빠뜨리려는 음모를 꾸민다면 어떻겠는가?

그러면 정말 어마어마한 피해가 일어날 거다.

그러나 천살성은 광인이기 때문에 마치 짐승처럼 떠돌아다니며 사람을 죽일 뿐이니 그나마 낫다고 말한 것이다.

여하튼 천살성처럼 천색성이라는 것도 존재한다.

이건 아주 강력한 색기를 가진 것으로, 천하의 이성을 모두 유혹하는 힘을 지녔다 해도 과언이 아니었다.

여이빙은 그 존재 자체로 남자를 유혹하는 힘을 지닌 셈.

장호도 과거에 그런 그녀의 유혹에 당하여 그녀와 그렇고 그런 관계를 가지지 않았던가?

물론 그녀는 그러한 운명과 재능을 타고난 것을 제외하면 상당히 선량한 여성이었다.

다만 그녀의 운명이 그녀를 선량하지 못하게끔 만드는 것이 문제일 뿐.

그럼에도 그녀는 운명에 대항해 자신의 존엄성과 본성을 지키려고 노력했고, 그 과정에서 그녀는 스스로의 원칙을 세웠다.

공격하는 자는 죽인다.

은혜는 반드시 몇 배로 갚는다.

배신자는 죽인다.

즉 그녀는 일반적으로 강호에서 도덕이라고 말하는 것을 조금 극단적인 형태로 만들어 자신의 원칙으로 삼은 셈이다.

어쨌든 그녀의 존재는 여러 사내의 방심을 흔들고 탐욕을 불러 일으켰다.

그래서 그녀에 대한 평판은 나빠졌고, 그녀를 노리는 위선자들에 의한 여러 가지 음모에 휘말려야 했다.

그럼에도 불구하고 그녀는 자신의 원칙을 지키고자 노력하였다.

그녀 스스로의 본성을 지키는 것이 궁극적으로 그녀 자신을 위한 길이라고 믿었기 때문이다.

그런 그녀의 심리를 장호는 잘 알았다.

장호 또한 일반적인 강호인과는 많이 다른 사상을 가졌기에, 그녀에 대한 어떤 독점욕이나 사악한 탐욕을 가지지는 않았다.

그래서 그녀와 더욱 친해진 것일지도 모른다.

그러나 그것은 미래의 일이다.

세상에 상처받고 사람들에게 배신당하고, 그럼에도 타락하지 않으리라고 결심하여 고결한 스스로의 마음을 지켜온 그녀의 모습은 이제부터 그녀에게 있어야 할 미래였다.

그것은 끔찍하고 고통스러운 길일 것이다.

장호는 그녀가 걸어야 할 그 길을 잘 안다.

그러나 그녀가 그녀로서 성립되기 위해서는 그러한 길을 가야 했다.

그녀의 미래를 장호가 바꿀 수는 없었다.

그는 과거 여이빙을 도울 적에 그러한 생각까지 했었다.

그런데 그런 그의 생각과 고민이 무색하게 여이빙은 지금 그의 집 부엌에서 고구마를 구워 먹고 있는 중이다.

대체 이게 무슨 짓인가?

힐난하는 것처럼 노려보는 장호의 시선 속에서 여이빙은 히이 하고 개구쟁이같이 미소를 지었다.

그래도 저런 모습은 어렸을 적이나 커서나 다르지 않군.

오랜만의 그 모습에 장호는 그리움을 느꼈다.

이제는 다시 오지 않을, 과거의 옛 기억이 향수가 되어 장호를 감싸 안았다.

"히히, 뭐 하기는. 고구마 구워 먹지?"

"아니, 그러니까 어째서 이 시점에 나타나서 남의 집 부엌에서 마음대로 고구마를 구워 먹고 있냐 이 말입니다. 대체 왜요?"

"뭐, 별 이유는 없는데?"

뭐라고라?

"너랑 헤어진 게 일 년 전이던가 그랬지, 아마? 그때 쫓아다니던 놈들을 드디어 떨쳐 냈거든. 마침 이 근처를 지나가고 있었고 네가 여행을 갔다길래 너네 집에서 잠깐 신세를 지고 있었던 것뿐이야."

"아니, 그러니까 왜요?"

"왜긴 왜야? 너 보러 온 거지."

그게 무슨 별일이 아니야! 이유가 엄청 크구먼!

"아, 그렇군요. 저를 보러 오셨군요."

"그런데 너 참 운 좋다."

"뭐가요?"

"너 오늘도 안 오면 그냥 가려고 했거든. 슬슬 지겨워지던 참이었어."

"저희 집에서 있던 거 형들이 알아요?"

"모르지. 잘 숨어 있었으니까. 게다가 네 형이라는 그 녀석들은 둘 다 매일매일 바빠서 나를 발견할 정신도 없었는걸?"

"그래요?"

"그럼. 진지하게 수련을 하더라니까. 그런데 네 형들이 익히던 게 의선문의 무공이야? 문외불출 해도 돼?"

"속가제자용이라서 괜찮아요. 아니, 그런 게 중요한 것이 아니고. 여하튼 저를 보러 오셨다는 거군요."

"응응. 그렇지. 너 보러 왔어."

"왜요?"

다시 하는 질문.

왜?

"그거야 빚을 갚으려고?"

"그거 신경 안 써도 된다고 제가 그랬던 거 같은데요."

"에이. 그거야 네 말이고, 난 신경 쓰고 싶은걸."

"그렇습니까."

불쑥.

그녀가 고개를 내밀어 가까이 다가왔다. 그녀의 숨결이 장호의 볼에 직격하고 있었다.

이거 좀 강한 공격인데?

아직 만개한 꽃이 아님에도 그녀의 몸에서는 색정적인 요기가 흐른다.

사실 장호나 되니까 별다른 동요가 없는 거지, 일반인이면 이미 탐욕에 젖어서 그녀의 전신을 샅샅이 핥아 보고 있었을 것이다.

"너 정말 특이한 거 알아?"

"제가요?"

"그래. 너 열네 살이라매?"

"그건 또 어찌 알았습니까?"

"돌아다니다 보니 알았지. 내가 지금 열여섯 살이니까

겨우 두 살 차이 아냐?"

"그런 셈이죠."

"그런데 이미 나보다 키가 더 커. 어른 같단 말이지?"

"몸만 큰 거겠죠. 사문의 비전 수련법입니다."

장호는 그렇게 말하고는 어깨를 으쓱해 보였다.

"여하튼 오셨으니, 제가 밥 한 끼 대접하죠. 음, 원래
는 제가 누님에게 대접받아야 되는 거겠지만."

"헤에. 요리할 줄 알아?"

"그럼요. 형들 먹이려고 좀 배웠거든요. 사실 요리하
러 들어온 거니 겸사겸사 누님도 한 끼 드세요."

"좋아!"

그녀는 냉큼 답했다.

*　　　*　　　*

"우와. 너 요리 짱 잘한다."

"짱이라는 단어는 어디서 배운 거죠?"

그녀의 해괴막측한 단어 사용에 장호는 잠시 인상을
찡그렸다.

그가 만났던 전생의 그녀는 몹시 염세적이고 달관한
듯한 여성이었다.

그녀는 그렇게 세상을 믿지 않음에도 스스로의 본성을
지키기 위해 싸우던 투사이기도 했다.

몽환적이고 강렬한, 그런 여성.

그러나 지금의 그녀는 전생이 모습과는 괴리감이 너무
컸다.

기본적인 성격은 같았지만 지금은 반짝반짝 했다.

"뭐, 여기저기서 배웠지. 그나저나 너 요리는 어디서
배웠어?"

"객잔에서 좀 일했고, 그 이후에는 독자적으로 좀 연
습했죠."

식사 만들기는 언제나 장호의 일이었고, 장호는 그 일
을 충실히 해왔다.

지금도 형들이 일 다녀오면 먹을 요리들을 잔뜩 만들
었다.

일단 오늘은 곧 의방으로 돌아갈 거라 형제들을 볼 수
없겠지만, 내일은 볼 수 있을 터였다.

"흐음. 숙수해도 될 정도인데?"

"그러나 전 의원입니다."

"알아. 의원인 거는."

"아신다니 다행이군요."

설마 달라붙어서 맛나는 거 해달라고 하지는 않겠지?

"여하튼 내가 온 이유는 너를 보려는 게 가장 크지만, 더 중요한 이유는 내가 은혜를 갚으려고 온 거라는 거야."

그녀는 숟가락을 입에 물고서는 말을 이었다.

아니 말을 할 거면 숟가락은 좀 내려놓지? 그거 반칙이라고?

"어떻게요?"

"무공을 전수해 주지."

"네?"

"무공 말이야, 무공. 나 이래봬도 신공절학을 전수받았다구?"

그건 이미 아는데.

그녀는 천색성을 타고난 요녀이다.

천색성은 천살성처럼 대단한 무골은 아니지만, 그럼에도 뛰어난 무재를 지녔다.

그리고 또한 천성적으로 흡정의 능력을 가진 존재이기도 하다.

즉 그녀는 천연적인 채양보음의 능력을 지닌 셈이다.

남자와 관계하면 남자의 정기를 아주 자연스레 빨아먹는 힘!

그녀의 스승은 그녀를 우연히 발견했고, 그녀를 가르

치다가 사고로 죽임 당했다고 장호는 들었다.

그 당시 그녀가 배운 무공은 절정무학으로, 그리 대단한 것은 아니었으나 그녀의 스승이 죽기 전 내공을 모조리 넘겨주고 귀천하였기에 그녀는 꽤나 대단한 내공을 가지고 있었다.

여하튼 그런 그녀가 열다섯 살 때 우연히 신공절학을 얻게 되는데 그 무공의 이름이 여의음양경이라는 것이었다.

그녀가 타고난 운명인지 어쩐지 모르겠지만, 이 여의음양경은 방중술을 기반으로 하는 신공절학급의 무공이었다.

신공절학급의 무공.

그것은 강호에서도 찾기 어려운 무공이었다.

그것을 익히기만 해도 강기를 다루는 화경의 경지까지는 무난하게 갈 수 있다고 알려진 무공들이 바로 신공절학급의 무공인 것이다.

여의음양경은 비록 방중술에 기반했지만 그런 신공절학급의 무공이었는데, 여이빙은 실제로 이 무공이 아니었던들 살아남을 수 없었을 거라고 이야기했다.

여의음양경의 특징은 무한한 내공에 있는데, 채음보양의 수법으로 내공을 쌓는 무공일 따름이다.

여기까지 보면 강호에 떠돌아다니는 그저 그런 색공과

비슷해 보일 것이나, 실상은 그렇지 않았다.

여의음양경은 온몸을 단전으로 보고 내공을 쌓는 몹시도 독특한 무공인 탓.

현재 강호에 알려지기로 사람이 쌓을 수 있는 내공의 양에는 한계가 있으며, 그 양은 사 갑자를 넘을 수 없다는 것이 정설이다.

그런데 여기서 함정이 하나 있는데, 그 사 갑자라는 양은 단전을 기준으로 했을 때의 이야기라는 것이다.

여의음양경은 단전에만 내력을 쌓지 않는다.

전신에 내공을 쌓아 그것을 전부 활용할 수 있는 무공인 것이다.

채음보양의 수법으로 내공을 빠르게 모으고 그것을 전신에 쌓는다.

시간이 지나면 십 갑자가 넘는 내공도 모을 수 있는 것.

그 정도 되면 힘의 차이가 너무 어마어마하기 때문에 그녀를 쓰러뜨릴 수 있는 이는 존재하지 않는다고 보아야 했다.

기술의 차이를 뛰어넘는 과도한 힘의 차이가 아니겠는가?

게다가 여의음양경은 강기를 다룰 수 있는 구결이 존

재한다.

강기무학!

그 두 가지 특성은 여의음양경을 신공절학이라고 부르기 충분하게 만들어주었다.

그러나 장호는 딱히 그녀의 여의음양경을 부러워하지는 않았다.

장호에게 기연이 없었을 뿐이니 그런 걸로 일일이 부러워할 시간이 아깝다고 생각했기 때문이다.

여하튼 그런 그녀가 갑자기 무공을 전수해 준단다.

그런데 정말? 여의음양경을 전수해 주는 거야?

"음, 그렇다고 내 진신절학을 가르쳐 주겠다는 건 아냐. 그래서 묻고 싶은데 말야. 너 배우고 싶은 무공 없어? 외공이나 내공, 경공 같은 종류로 말해봐. 네가 취약한 부분의 무공을 가르쳐 줄게."

"아하."

장호는 그녀의 의도를 이해했다.

그녀는 지금 장호에게 그녀가 알고 있는 무공들 중 하나를 가르쳐 주겠다는 것이다.

외공, 경공, 내공, 검법, 도법, 장법. 그리고 그 외의 여러 종류의 무공들.

그중 하나를 고르면 가르쳐 준다는 것.

그 말을 듣자 장호는 한 가지에 생각이 미쳤다.

"외공을 배우고 싶네요. 혹시 좋은 외공 있습니까? 제가 철피공을 알긴 하는데, 아시다시피 철피공은 그리 좋은 무공은 아니라서."

"헤에. 철피공 알고 있어? 흐응. 외공, 외공이란 말이지?"

그녀는 그리 말하고는 숟가락을 문 채로 고개를 끄덕끄덕거린다.

어이구, 귀여워라.

껴안아주고 싶다.

장호는 그런 내심을 숨겼다.

"내가 아는 외공이 두 개 있긴 해. 하나는 금강철신공이라는 거고, 다른 하나는 용린갑이라는 거야."

"차이가 있나요?"

"둘 다 그리 대단한 것은 아닌데. 그래도 절정무학은 될 거야. 단순한 외공이 아니라, 내공을 사용해서 단련하는 종류의 무공이거든. 금강철신공은 이름 그대로의 무공이야. 몸을 금강철신으로 만드는 거지. 용린갑은 조금 다른데, 이건 내공을 사용하면 몸에 용의 비늘 같은 형태의 호신막이 생겨나. 기본적으로 외공이니까 도검불침 정도는 되는 모양이긴 하고. 둘 다 안 익히고 구결과 이론만 아는 거라서 자세히는 잘 몰라. 어느 쪽 배울래?"

"둘 다 가르쳐 주세요."

"에? 둘 다?"

"예. 뭐 어차피 이빙 누님은 안 익혔다면서요? 쓸모없다고 생각하시는 모양인데, 저는 좀 배우려구요."

둘 다 배워둔 이후에 연구를 통해서 둘의 장점을 합치든가 하면 나을 거다.

장호는 그렇게 생각했다.

"흐응. 두 개라. 이거 손해 보는 것 같은데."

"뭐가 손햅니까? 이빙 누님의 목숨 값이 겨우 그 정도는 아니시겠죠?"

"흥! 좋아. 그러면 가르쳐 주지. 대신에 그동안 밥은 줘야 해?"

"예이예이."

장호는 그냥 그러마 하고 약속을 하고 말았다.

*　　　*　　　*

집에서 요리를 해두고 여이빙이 먹어 치운 음식도 뒷정리를 했다. 그러고 나서 장호는 천천히 집을 벗어났다.

오늘은 데려온 아이들 때문에 의방으로 돌아가지만, 내일은 집으로 다시 와 형제들과 해후할 터였다.

지금의 삶은 전생과는 비교도 되지 않을 정도로 행복한 하루하루였다.

여이빙을 만나게 된 것은 의외였지만 말이다.

第九章

너네 외공이라고 아냐?

인간의 생존본능은 여러 가지 기술의 개발을
가능케 하였다.

인류 역사

진가의방이 다시 문을 열었다.

그간 한 달 정도 문을 닫았을 때, 이관의 사람들은 의원이 없다는 사실이 얼마나 불편한 것인지를 깨달았다.

게다가 장호가 자리를 비운 사이에 지붕을 수리하다가 떨어져 뼈가 부러진 사람이 한 명 있었기 때문에 더더욱 사람들은 의원의 필요성을 절감했다.

"이거이거……."

장호가 집에 갔다가 의방에 오니 지붕 수리하다가 떨어져 팔이 부러진 사람이 와 있었다.

안색이 좋지 않고 팔은 퉁퉁 부어 있으니 참으로 목불인견이었다.

그의 이름은 장초라고 하였는데 평범한 농부였다.

그의 가족으로 보이는 중년 여성과 같이 와서는 장호에게 팔을 보이고 있었다.

"이게 언제 부러졌다고요?"

"그게… 열흘쯤은 되었는데……. 괜찮을까요, 소의원?"

진서의 사후 장호와 친하지 않은 이들은 장호를 소의원이라고 불렀다.

장호와 그래도 친분이 있었던 사람들이야 장 의원이라고 부르며 말도 놓지만, 다른 이들이 그럴 수야 없지 않은가?

"처음에 치료가 잘되었어야 하는데, 잘못했네요. 팔이 어긋나서 붙고 있습니다. 이대로 가면 이쪽 팔은 못 쓰죠."

"정, 정말이유?"

"그렇습니다. 이걸 고치려면 팔을 다시 한 번 부러뜨렸다가 다시 붙여야 하는데, 그렇게 하면 치료야 가능하지만 무시무시하게 아플 겁니다. 어때요? 치료해 드릴까요?"

장호는 우선 의견을 물어본다.

팔을 다시 부러뜨려야 한다는 말에 장초는 안색이 시퍼래졌다.

그러나 이내 이를 악물더니 말했다.

"소의원, 병신으로는 살 수 없지 않겠수? 치료해 주시오."

"그러죠. 그러려면 우선 준비를 해야겠네요. 잠시만요."

장호는 밖으로 나가 자신을 바라보는 이연과 이진을 데리고 창고로 향했다.

그리고는 물건을 뒤적뒤적거리면서 고르다가 밧줄과 재갈을 끄집어내었다.

"이것들을 깨끗이 씻어서 가져오너라."

"예, 의원님."

두 명은 쪼르르 물건을 가지고서는 밖으로 나가 버렸다.

장호는 그 다음으로는 제약실로 향했다.

이럴 때에는 미혼약 같은 것이 있으면 좋다.

미혼약에 당하면 정신을 잃고 쓰러지기 때문에 그사이에 시술하면 아픔을 느끼지 않을 테니까.

그런데 미혼약을 만들 재료가 없었다.

그나마 수면제로 쓸 약재는 있으니 그걸 사용할 생각이었다.

수면제도 조금 독하게 쓰면 미혼약과 비슷한 효과를 발휘하기 때문이다.

여하튼 약을 만들어서 환자실로 가니 장초와 그 아내가 안절부절못하고 있다.

"자, 이걸 드시죠."

"이, 이건 뭔가유?"

장초의 아내가 물었다.

"수면제입니다. 먹으면 잠이 들 거고, 그사이에 팔을 부러뜨리면 고통을 덜 느끼게 되죠."

장초는 그 말에 약을 받아서 꿀꺽 먹었다.

그 상태에서 장호는 장초의 혼혈을 짚었다. 혈도를 제압하면 진통 효과를 줄 수 있다는 것은 강호에 널리 알려진 상식인 것이다.

물론 그렇다고 해도 말초신경을 자극하면 얻게 되는 고통까지 막아주지는 못하지만, 그 정도는 수면제의 효과로 보충할 수 있다.

"부인께서는 나가 계시겠습니까? 이거 꽤 끔찍해서……."

"아. 아니요. 보, 보겠어요."

"그러시다면."

장호는 망치를 가져왔다. 그리고 사정없이 장초의 팔을 내려쳤다.

으득!

뼈가 확실히 부러졌다.

덜렁거리는 팔을 장호는 이리저리 흔들어 맞추고는 부목을 가져다가 댔다.

그리고 약을 바르고, 붕대를 감고, 침을 몇 번 놓은 다음에 단단히 묶어 고정했다.

"자, 다 되었습니다. 이 부목에서 팔을 빼지 않도록 하고, 이 손은 움직이지 않도록 하십시오. 지금 상황으로 보아 이십 일 정도면 뼈가 붙을 겁니다."

"다, 다 된 건가요?"

"예. 치료비는… 어디보자 은자로 한 냥입니다."

장호의 말에 중년 여성은 돈을 지불하였다.

그 일이 있은 이후로 장호가 진서 노의원만큼 의술에 정통하다는 소문이 마을에 퍼졌다.

그리고 장호는 바빠지게 되었다.

*　　　*　　　*

여름이 왔다.

장호는 아이들에게 단기간에 쓸 수 있는 지식들만 우선 전수했다.

왜냐하면 바빴기 때문이다.

여름에는 전통적으로 배탈과 설사, 구토를 동반한 여러 속병이 들끓는다.

작년에도 그랬고, 재작년에도 그랬다.

그러니 당연히 이번 해에도 그런 것이다.

이건 거의 대부분의 중원이 다 그랬다.

의방에 종사하는 사람이면 모를 수가 없는 사실이다.

겨울에는 감기약이 잘 나가고, 여름에는 배탈약이 잘 나간다.

상식인 것이다.

그리고 장호는 사실 그러한 상식이 전염병의 주원인이 아닌가 하는 생각을 하고 있었다.

이러한 생각은 오래전부터 한 것으로, 두 형을 전염병으로 잃었을 때 생각한 것이었다.

여하튼 장호는 바빴다.

이연과 이진을 손발로 부리며 진서에게서 물려받은 제약술을 사용해서 해속약을 만들어야 했기 때문이다.

이연과 이진에게 더 자세한 지식을 전수하고 싶었지

만, 시간이 없었으므로 해속약을 만드는 데 필요한 지식만 전수하였다.

여름이 좀 물러나고 나서 시간이 생기면 그 때에는 좀 더 나은 지식들을 전수할 수 있으리라.

그 점에 대해서는 이연과 이진에게도 분명히 말해 두었다.

두 아이는 대견하게도 장호의 말을 알아듣고 열심히 일 하였다.

그리고 그동안에 장호가 단지 해속약만 만든 것이 아니다.

환자들이 하루에 서너 명은 찾아들었고, 그들을 치료하는 한편 여이빙에게 금강철신공과 용린갑을 전수받고 있었던 것이다.

*   *   *

"내공의 운기법은 알 거 같네요."

금강철신공.

그것은 내공심법이 없다.

당연하다면 당연한 일이다. 외문기공 중에서 내공심법이 따로 있는 무공은 거의 대부분이 상승절학 이상의 무공이기 때문이다.

소림사의 절공인 금종조와 철포삼은 상승절학임에도 내공심법이 따로 존재하지 않는다 알려져 있으니, 내공심법이 포함된 외공은 거의 존재하지 않는다고 보아도 좋았다.

사실 외공은 무공이라기보다는 육체를 단련하는 수련 방법에 가까운 것이니 그런 것이기도 하다.

여하튼 이 금강철신공은 내공을 따로 익혀야만 수련할 수 있는 외공이었다.

그 이치는 요상결에 있다.

일단 금강철신공의 시작은 몸에 모포를 두른 다음에 넓적한 뱃사공의 노 같은 장대로 몸을 두드리는 것에서부터 시작한다.

모포를 몸에 둘렀다지만 타격은 만만한 것이 아니므로 골병들기 십상이다.

그렇게 골병들도록 두드려 맞은 다음 비전의 약액에 몸을 담그고 금강철신공의 요상결을 운영한다.

내공을 쌓는 심법은 없지만, 이미 가지고 있는 내공을 사용하는 요상결을 가지고 있는 것이 이 금강철신공이다.

그리하면 몸이 나아가면서 육체 전체에 내기가 스며들

게 되고, 그를 통하여 점점 단단해지는 것이다.

경지에 이르면 뾰족하지 않은 둥근 철퇴 같은 것으로 몸을 때리기 시작하고, 나중에는 결국 날붙이를 가지고 몸을 찌르거나 베면서 수련한다.

이 수련을 꾸준히 하면 육체 전체에 내기가 완전히 스며들어 강건해지는데, 이윽고 도검불침의 몸이 되고 마는 것이다.

게다가 이렇게 전신을 단련하면 내가중수법에도 어느 정도 저항력을 가질 수 있으니, 괜히 절정무공으로 꼽히는 것이 아니었다.

장호는 요상결이 바로 이 금강철신공의 모든 것이라는 것을 알 수 있었다.

즉, 진기로 다친 몸을 치유하면서 동시에 육체를 강철처럼 강화하는 거다.

그러니 요상결이야 말로 금강철신공의 요체가 아니겠는가?

금종조와 철포삼도 아마 이러한 요상결 같은 것으로 몸을 강화한다고 짐작하는 장호였고, 그것은 사실이기도 했다.

외공의 근본은 육체 강화.

그렇기에 육체를 치료하면서 동시에 강화하는 요상결

이 바로 그 진수인 것이다.

그 요상결에 바로 장호가 원하는 핵심 무리가 있었다.

인간의 육체가 기에 어떻게 반응하는지에 대한 지식들.

유가밀문의 체법을 수련하면서 그에 관한 여러 가지 지식을 습득한 장호였으나, 그것은 외공과는 조금 다른 개념이었다.

외공은 육체를 강화한다.

그러나 유가밀문의 체법은 육체의 기본 근원을 고치는 것에 가까웠다.

무리가 다를 수밖에.

그가 가진 철피공만으로는 외공의 무리를 전부 이해할 수 없었다.

태원에 다녀오면서 장호는 쓸 만한 외공을 얻을 방도를 궁리하고 있던 차였기에, 이번 기회에 금강철신공과 용린갑을 얻은 것은 큰 수확이었다.

금강철신공의 요상결에 진체가 숨겨져 있어 장호에게 도움이 되었다면 용린갑은 또 다른 도움을 주었다.

용린갑의 요상결은 금강철신공에 비해서 뒤떨어지는 것으로, 육체의 강화 자체는 금강철신공에 비하면 몹시 떨어지는 것이었다.

그러나 용린갑은 별도의 내공 운용술이 있었고, 그것을 통해 육체에 용의 비늘로 만든 갑옷을 만드는 호신기막의 기술이 있었다.

　애초에 이 용린갑이라는 무공은 외공이 아닌 것 같았다.

　육체의 단련은 어디까지나 용의 비늘 갑옷을 기막으로 형성할 때 만들어지는 충격력을 상쇄하기 위함인 것처럼 보였기 때문이다.

　최초 용린갑을 형성할 때 꽤 강한 충격파가 발생하는데, 그걸 몸으로 때우고 나면 용린갑이 전신에 서리기 때문이다.

　여하튼 그 두 가지 무공을 전부 전수받고 수련에 들어간 장호는 자신이 알고 있는 여러 가지 무리와 뒤섞어서 하나로 합일하는 작업을 하는 한편 직접적인 수련을 하고 있는 중이었다.

　"너도 참 독하다."

　"뭐가요?"

　"그렇게 두드려 맞으면서 수련하는 게."

　장호는 수련을 위해서 마을의 주민 몇 명을 고용했다.

　그들에게 시킨 것은 간단하다. 노로 그를 두드려 패는 것.

맨 처음에는 의아해한 주민들이지만, 지금은 제법 열심히 하고 있다.

돈을 제법 주기 때문이다.

게다가 사람을 때린다는 것이 중노동이다. 전력을 다해서 넓적한 노를 휘두르는 게 쉬운 일이겠는가?

그래서 보통은 반 시진 단위로 번갈아 가면서 사람들이 장호를 두드려 팬다.

장호는 아직은 초기 단계 수련 중으로, 모포를 몸에 감은 채로 두드려 맞는 중이었다.

그래서 매일 몸에 시퍼런 멍이 든다.

그런 상태로 약액이 든 항아리에 들어가 요상결을 운용하는데, 그때 선천의선강기가 요상결에 따라 움직여 몸을 치유하고 강화하고 있었다.

여기서 놀라운 점은, 그 효과가 몹시 대단하다는 점에 있었다.

선천의선강기는 선천진기에 가까운 순수함을 가졌고, 스승인 진서가 자신의 내공 중 절반을 장호에게 넘겨주는 데 성공했다.

그러다 보니 일 갑자를 조금 넘는 내공을 가지게 된 장호는 금강철신공을 수련하면 수련할수록 육체가 무시무시한 속도로 강해짐을 느꼈다.

단지 단단해지는 것뿐만이 아니다.

근육도 강력해지고, 상처 회복력도 더욱 강해지고 있었다.

이는 선천의선강기의 진기 속성 때문에 벌어진 일.

순수한 생명력에 가까운 진기다 보니 본래의 금강철신공의 공능을 뛰어넘는 성장을 보이고 있는 거다.

대략 삼 년 정도만 수련하면 금강철신공 십이 성의 경지에 도달할 것으로 짐작될 정도였으니, 얼마나 경이로운 성장 속도인지는 말하지 않아도 알 수 있을 터였다.

장호는 몹시 호리호리한 몸을 하고 있었다.

내력은 충만 하지만 근력 수련은 그리 많이 하지 않은 탓이다.

그러나 외공을 본격적으로 수련하자 몸에 오밀조밀한 근육이 만들어지기 시작했다.

장호는 외공을 수련할 때 섭생에도 주의해야 한다는 것도 잘 알고 있었기에 고기를 자주 사서 먹었다.

돈이야 사실 충분하다.

의방이라는 곳이 돈을 못 번다면 이 세상에 돈을 잘 버는 직업은 거의 남아나지 않을 것이다.

여하튼 지금 장호는 약액이 담긴 항아리에서 요상결을 운용 중인데, 장호는 자신이 아는 여러 가지 무리와 합하여 요상결에 약간의 수정을 가했다.

더 나은 요상결을 만들어낸 것.

그래서 금강철신공의 공능 효과가 더 배가된 것이기도 했다.

물론 금강철신공도 약점은 있는데, 눈이나 입안 같은 곳은 단련되지 않는다는 점이다.

그러나 그런 것은 사실 약점이라고 할 수도 없다.

금강철신공을 익히기 전에는 전신 어디를 찔려도 죽지만, 익히고 나면 눈이나 입을 찔리지 않으면 안 죽는다는 소리 아닌가?

본래 있던 신체의 약점들을 싹 줄였으니, 이게 남는 장사가 아니고 뭐겠는가?

"고통 없이 대가는 없다는 게 제 지론입니다. 그리고 미리미리 준비해 두자는 것도 제 지론이죠."

"이게 준비야?"

"외공은 난전을 벌일 때 무척 쓸모있거든요. 게다가 고수가 경계해야 할 것이 바로 차륜전인데, 외공만 제대로 익혀도 차륜전을 두려워할 필요가 없죠."

강호에는 진법이라는 게 있는데, 지형지물에 설치하여 천지조화를 부리는 진법과 무인들이 뭉쳐서 사용하는 진법이 있다.

후자는 검진, 무진이라고 부르는 것들로 집단 전투에서 큰 효과를 발휘하는 종류의 것이다.

칠성검진, 나한진, 태극검진 같은 것들이 이에 속하는데 실제로 그 위력은 막강하다.

게다가 이들 검진은 소수가 다수를 상대하기에도, 다수가 소수를 상대하기에도 효과적이다.

장호는 그런 진법 구사자들과 싸운 경험이 있었고, 방어를 몸으로 때우는 외공이 검진에 얼마나 효과적인지 잘 알고 있었다.

외공을 제대로 익혀 실제 도검불침이 된다면 진법으로 차륜전을 걸어오는 다수의 하수를 순식간에 살해할 수 있는 것이다.

애초에 자신보다 강한 자와 일대일로 싸우는 것은 생사를 걸어야 하는 것이고, 외공은 그리 도움이 되지 않을 수도 있다.

그러나 다수의 하수와 싸움에는 거의 절대적인 위력을 발휘하는 것이 외공이다.

그리고 장호는 세력을 가진 이가 아닌 홀로 독보강호하던 이.

그러니 외공의 중요성을 깨닫고 있었다.

"이빙 누님도 좀 배워보는 게 어때요? 강호를 혼자 다니는 데에 외공은 큰 도움이 되거든요."

"그런 식으로는 생각 안 해봤네. 흐응. 한번 익혀볼까? 하지만 여성은 가슴 때문에 익히기 어렵다고들 하던데."

이빙은 자신의 어린데도 풍만한 가슴을 두 손으로 주무르면서 말했고, 장호는 그 모습에 얼굴이 빨개졌다.

예나 지금이나 저런 부분은 하나도 안 변했다니까.

"어라? 너. 얼굴이 빨개졌네. 흐흥. 드디어 이 누님의 매력을 안 거야?"

"그런 거 아니거든요?"

"사실 네가 마음에 든 이유가 있어. 가르쳐 줄까?"

그녀가 항아리에서 얼굴만 내민 장호에게 가까이 다가왔다.

이거 일부러 가까이 다가와 얼굴을 맞대는 거 아냐? 숨결이 참 달콤하네.

"너는 나를 색욕 어린 눈으로 보지 않아. 그래서 네가 마음에 들어."

"그거 다행이네요."

색욕이라.

물론 장호는 과거 그녀의 유혹에 넘어갔다.

그리고 지금도 장호는 그녀를 마음에 두고 있긴 하다.

다만 이건 격렬한 사랑과는 조금 관계가 멀다.

그녀와 장호의 관계는, 기묘하지만 친우 같은 것이었으니까.

지금은 어떨까?

"그나저나 정말 그래. 이 가슴의 지방 덩어리는 말이야. 외공 배울 때도 방해라고."

"소수마공 같은 것을 역산해서 외공으로 변환해 보는 건 어때요?"

"그러려면 소수마공을 알아야 할 거 아냐?"

소수마공.

전설적인 마교의 절대마공으로 그 손은 도검불침을 넘어서 검기나 강기로도 상해를 입힐 수 없게 되고 만다고 했다.

그러나 그런 대단한 상태임에도 불구하고 그 손은 섬섬옥수처럼 부드럽고 희기 때문에 몹시 아름답다는 전설이 있었다.

지금에 와서는 실전된 무학이지만, 실제로 그 무리를 알 수 있다면 어떻게든 적용할 수 있다고 장호는 생각 했다.

"그건 그러네요. 혹시 흑점에 없으려나요?"

"그럴 리가."

흑점.

돈만 되면 무엇이든 취급하는 곳이나, 실상은 황실에서 운영하는 비밀스러운 조직이다.

명태조 주원장은 애초에 백련교의 교도였다.

그가 무슨 이유로 교를 배신하였는지에 대해서는 의견이 분분하지만, 사마밀환을 만들었다고 전해지는 금의마선 진유현의 조력을 받아 제국을 세웠다는 이야기가 있다.

물론 그거야 전설로 전해지는 엉터리 같은 이야기라는 것이 중론이었지만, 여하튼 주원장은 그 이후에 황족 중 하나에게 흑점주라는 직위를 내려주었다.

때문에 흑점은 황가의 힘에 의해서 운영되는 비밀스러운 집단이었다.

흑점의 힘은 크고 놀라워서, 황궁 내에서도 대체 누가 흑점의 구성원인지에 대해서는 알려진 바가 없었다.

그 정도 힘이면 황위 전복을 노릴 법도 하지만, 흑점은 황가의 골육상쟁에는 조금도 관여한 적이 없었다.

심지어 영락제가 반란을 일으켜 황제가 되었을 때에도 그랬고, 다른 골육상쟁 때에도 그랬다.

그러나 그들은 언제나 돈이 되는 물건만 취급했다.

세력 싸움에 끼어들지도 않았고, 국가의 일에도 끼어들지 않았다.

어째서 그럴 수 있는지에 대해서는 제대로 알려진 바가 없었다.

애초에 흑점이 황족의 것이라는 사실조차도 강호에서는 아는 이가 드물다.

각 세력의 수장들이야 알고 있지만, 비밀로 하는 것 중의 하나다.

장호도 우연한 기회가 아니었다면 알지 못했을 터였다.

"그나저나 거의 전수를 해준 것 같네."

"전수는 다 해주신 것 같습니다. 이대로 저 혼자 꾸준히 수련하면 될 거 같거든요."

"확실히 그러네. 게다가 나도 이건 구결과 이론만 알던 거니까. 그리고 몸을 돌보는 거라면 네가 나보다 더 낫겠지."

"확실히 그렇죠."

"좋아. 몇 달간 즐거웠어."

그녀는 그리 말하고는 뒤돌아섰다.

"가시게요?"

"응. 갈 거야."

"여기서 정착하시는 건 어때요?"

"정착?"

"예, 정착이요."

장호는 진심을 내비쳤다.

강호의 많은 이가 세상을 떠돈다. 그러나 그들이라고 정착에 대한 마음이 없으랴?

그녀도 마찬가지다. 천색성을 타고난 여인이지만, 장호는 그녀에게 내성이 있었다.

그리고 그녀의 아름다움은 도리어 이런 작은 마을에서는 별다른 문제가 안 되었다.

그런 그녀에게 그녀를 이해해 주는 사람이 있는 곳은 무엇보다도 귀중한 것일 수도 있었다.

이것은 유혹이다.

성적인 유혹이 아닌, 그녀의 영혼을 옭아매는 유혹.

그 무엇보다도 치명적인.

"아니. 됐어."

그러나 그녀는 그런 유혹을 떨쳐냈다.

"장호 너는 나쁜 남자잖아. 바람둥이야."

"그렇습니까?"

"그래. 그래서 매력적이지만. 나는 아니야. 좀 더 둘러보고 싶어. 세상은 아직 아름답다고 느끼고 싶어."

"그 기대는 쉽게 꺾여 버리고 말 겁니다."

"그럴까? 그럴지도. 하지만 됐어. 나는 아직 세상을 보고 싶어."

그녀는 그렇게 말하고 등진 채로 고개만 반쯤 돌려 웃어 보였다.

"자, 그럼 안녕, 장호. 다음에 또 만나."

그리고 그녀는 휙! 하고 사라졌다.

第十章

일상은 느긋해서 즐겁다

전쟁터에서 살던 사람에게는
아무런 사고가 없는 일상이
몹시 소중하다.

병사의 일기

의원귀환

"그간 수고했다."

여름이 물러가고 가을이 왔다.

이관도 농업을 주로 하는 마을이다 보니 얼마 안 있으면 수확제가 열릴 예정이다.

수확 이후의 작은 축제는 마을 사람 모두의 즐거움이다.

현령은 그를 위해서 관병을 풀어 직접 축제의 진행을 돕는 작업도 하고 있었다.

이런 작은 현의 현령이면 딱히 해 먹을 것도 없다.

명제국은 현재 망조가 들었다고 할 정도로 썩어 있었지만, 지방의 아주 작은 현까지는 그렇지 않았다.

이유는 별게 아니다.

세상에는 아직도 법은 멀고 주먹은 가깝다는 풍조가 있었기 때문에, 이런 작은 현에서 부정부패가 일어나 사람들 곡소리가 나게 만들 경우 지나가던 자칭 협객이 슥삭 하고 현령의 목을 따버리기 때문이다.

실제로 그런 일은 몹시 자주 일어난다.

그리고 작은 현의 현령과 관병들은 그런 강호인이 몰래 침입하는 것을 알아차릴 능력조차 없었다.

그러다 보니 그리 크게 부정을 저지르지는 않았다.

게다가 작은 현에서 현민들을 괴롭혀서 얻을 수 있는 이익이라고는 결국 현청의 이름으로 행하는 고리대금밖에 더 있겠는가?

그러다 보니 중앙정부에 보내야 하는 세금을 중간에 슬쩍 착복하는 정도가 전부였다.

그건 장호도 잘 아는 부분이다.

인구 단위가 작은 현은 본래 전부 그런 식으로 굴러가는 것이 보통이었기 때문이다.

"아니에요, 의원님. 저희를 거두어주신 점에 더 감사 드립니다."

"그간은 너무 바빴으니까. 이제부터는 너희를 교육하려고 한다. 혹시 하고 싶은 말 있으면 해보거라."

장호는 이연과 이진에게 조용한 어조로 물었으나 두 아이 전부 아무런 말이 없었다.

"괜찮은 게냐?"

"예, 의원님. 저희는 이미 큰 은혜를 입었습니다. 소룡 객잔은 나쁜 곳은 아니었지만, 사실 그곳에서의 미래는 뻔한 것이었으니까요."

"그건 그렇지."

객잔에서 평생 일해봤자 결국 숙수 아니면 점소이다.

숙수가 되는 경우는 그나마 낫지만, 그게 아니라면 평생 별 볼일 없는 삶을 살 것이다.

게다가 이연은 어린 나이임에도 지나치게 예뻤다.

나중에 무슨 일이 생길지 누가 알 수 있겠는가?

이연은 비록 어렸지만 그런 것을 생각할 정도로 생각이 깊었다.

"좋아. 그렇다니 우선 너희에게 가르칠 것이 무엇인지부터 말해 주마. 우선은 너희에게 글을 가르칠 것이다."

글은 문명의 이기를 이룩하기 위한 가장 중요한 수단.

문자가 없다면 어찌 정보를 수집할 수 있으랴?

"너희는 앞으로 석달 안에 천자문을 떼어야만 한다.

그리고 적어도 반년 안에는 천자문을 능숙하게 써야 해.
그걸 해내지 못하면 내 입장에서는 너희를 더 일하게 하
는 것은 어렵다. 이해하겠느냐?"

"해낼게요."

"반드시 해내겠습니다."

"좋아. 반년 안에 글을 읽고 쓸 수 있게 되면, 그 이후
에는 약초에 대해서 배울 것이다. 약초의 종류와 약효가
적힌 책을 보고 공부하는 것이지. 이미 몇 가지 약초에
대해서는 너희도 알 것이다."

해속약에 대한 이야기였다.

"또한 무공도 가르칠 것이다."

"정, 정말이요?"

"그래. 무공을 익히면 체력이 올라가고 활동 시간이
늘어나지. 삶에 도움이 되고 너희가 더 열심히 일할 수
있게 만들어줄 테니 필요하거든."

"감사합니다. 정말 감사합니다."

"여하튼 열심히 해야 한다. 일을 하면서 공부를 하고,
무공까지 수련하는 것은 그리 쉬운 일은 아니거든."

보통의 중소문파들이 약한 이유도 여기에 있다.

문도들이 문파를 먹여 살리기 위해서 일을 해야만 하
는 것이다.

명문대파와 같이 거대한 규모의 문파들은 이미 그 크기가 대규모로 성장하여 여러 가지 이권을 잔뜩 가지고 있다.

때문에 문도들이 일을 하지 않아도 자금을 얻는다.

물론 자금 담당이 있고, 그 자금 담당자 밑에서 일하는 자들도 있지만 그들은 대부분이 문파에 고용된 고용인이지 문도는 아닌 것이다.

무당파에 소속된 숙수가 무당파의 문인은 아니지 않은가?

여하튼 그것이 거대문파와 중소문파의 차이이고, 격차가 계속 벌어지는 주 이유였다.

빈익빈 부익부 현상은 강호에서도 흔한 일이다.

"그래. 그럼 서당에 미리 돈을 보내었으니 매일 가서 배우도록 해라."

"예, 의원님."

"예, 의원님."

두 아이는 장호에게 깊이 절하였다.

*　　　*　　　*

"호야, 이거 어떠냐?"

"음, 정말 맛있는데?"

"그렇지?"

장삼은 객잔에서 요리를 배우고 있다.

명진서의 객잔에서 보조 숙수로 일하는 중으로, 애초에 손재주가 있었는지 꽤나 요리를 잘 배웠다.

"내가 요리한 거잖아. 어때? 이 정도면 대도시에 나갈 만할까?"

그런 장삼은 언제나 성공하는 것이 목표였다.

장삼은 지금도 대도시에서 큰 객잔을 차린다는 꿈을 가지고 있었다.

꽤 어려운 일이기는 하지만 장호는 그런 형의 꿈을 이루어줄 수는 있다.

장호가 마음먹고 돈을 벌면 금자 천 냥도 몇 년 정도면 모을 수 있기 때문이다.

절정고수는 본래 그러한 존재다.

강호에서 절정고수의 수가 겨우 천여 명 정도이니, 그 희귀성과 강력함을 어찌 말할 수 있을까?

"음, 글쎄? 저번에 태원까지 다녀오긴 했지만, 비싼 객잔은 안 가봤어. 그래도 내가 머물던 객잔만큼은 만드는 거 같아."

"그래? 흐음, 더 노력해야 하려나."

"노력하려면 돈이 좀 있어야지. 내가 팍팍 지원해 줄 게."

"쩝쩝, 형 입장에 동생 지원만 받는 것도 좀 그렇다."

"나중에 유명해지고 나서 갚아. 그러면 되잖아."

"뭐, 그러마."

여기는 장호의 본가.

지금 이 집에서 장호는 살지 않는다.

의방이 장호의 것이 되었기 때문이다.

사실 장호는 장일과 장삼에게 집을 옮길 것을 권유했 었고, 장삼도 좋아라 했었다.

그러나 장일은 거부했다.

동생의 앞길에 방해가 되고 싶지 않다는 이유에서였 다.

장호가 애원도 했고, 다른 방면으로 애도 썼다. 그러나 장일은 단호했다.

그런 장일을 보면서 장호는 어떤 의미로는 경외감까지 느꼈다.

장손인 장일의 그러한 책임 의식은 장호가 장일을 사 랑하는 이유 중에서도 가장 큰 것일 것이다.

형은 나를 사랑한다.

그렇기에 저러한 책임감을 가진 것이다.

그것을 장호는 잘 안다.

"그런데 의방은 잘 되냐?"

"응. 잘돼. 큰 병에 걸리는 사람들도 없어서."

"그래?"

"그런 거지."

장호는 두 형과 앉아서 화기애애한 하루를 보내고 있었다.

"그런데 무공은 어때? 잘 수련하고 있어?"

"그럼. 네가 가르쳐 준 기준대로 하면 지금 한 오 년 치 내공은 되었을 걸?"

"그래? 제법 빠르네."

대충 햇수로 따지면 이 년 정도는 되었을 터다.

아니, 이 년이 다 차지는 않았다.

그럼에도 오 년 치의 내공이면 제법 많이 모은 셈.

물론 장호가 부지런히 만들어서 보낸 내공 증진용의 탕약이 큰 효과를 보았기에 가능한 일이긴 했다.

오 년 치의 원접신공의 진기면, 어지간한 잔병에는 걸리지 않는다.

십 년 치부터는 전염병에도 어느 정도 저항하고, 이십 년 치만 쌓으면 강력한 전염병에서 면역력을 가질 수 있다.

장호는 식사를 끝마치고 상을 치웠다.

그러면서 두 형을 보았다.

이제 슬슬 형들 장가를 보내야 하는데, 이 마을에 혼기가 다 찬 여자들이 있던가?

장호는 잠시 고민을 해보았다.

형들을 장가보내자!

그 계획을 세워서 실행하려는 것이다.

                    *   *   *

"땅을 사고 싶다고?"

"그렇습니다."

"자네 약초 재배도 직접 하려고 하나?"

현청에는 현령이 있고, 그는 분명 고관이다.

그리고 그런 현령 밑에서 일하는 문관이 몇 명 있는 것은 당연하다.

현청은 현에서 거두어들인 세금으로 그들에게 급여를 지불한다.

관병과 문관들의 월급 말이다.

그뿐이 아니다. 그들의 장비를 지급하는 것도 현청이다.

그러고도 남은 돈을 세금으로 중앙 정부로 보내는 것이다.

다만 그 과정에 여러 가지 비리가 들어가고, 그 사이에 돈이 줄줄 새게 마련이다.

여하튼 그 결과로 인해서 현청에 소속된 이는 전부 부유하게 산다.

관병조차도 일반적인 소작농보다는 확실히 잘살고 있는 것이다.

때문에 사실 대부분의 백성은 관에서 일하고 싶어 한다.

비록 그곳이 썩었지만 확실히 잘 살아갈 수 있는 곳이 아닌가?

그러나 아무나 관병과 관리가 될 수 있는 것은 아니다.

현청에 소속된 관병의 경우 사실 현청에서 간단히 시험을 치고 관병으로 고용하는 형태인데, 이렇게 고용할 때에도 부정부패가 일어난다.

인척과 뇌물로 이루어진 이 단단한 고리들 때문에 일반적인 백성이 관병과 관리가 되는 것은 불가능하다.

이제 와서는 진시나 향시 같은 시험들조차도 부정부패 때문에 뒤틀려서 시험을 제대로 치는 것조차도 웃음거리일 정도다.

여하튼 그런 현청들이지만, 그래도 공공적인 업무를
아예 안 하는 것은 아니다.

그중 하나가 바로 토지 거래에 대한 증명이었다.

그리고 이렇게 작은 현의 현청의 경우에는 토지 거래
의 중개도 해주고는 했다.

규모가 큰 현의 현청은 거간꾼이 따로 있어서 그들을
통해 거래하고 최종적으로 현청에 신고를 하는 식이다.

그러나 작은 현에 거간꾼이 있을 리가 있겠는가?

그래서 현청이 그런 일을 대신해 주는 셈이다.

"아뇨. 형에게 사줄까 하고요."

"아아, 그렇군. 자네 삼형제였지. 어디 보자… 여기와
여기가 일단 매물로 나와 있긴 하네."

"더 없나요?"

"더 없어. 이쪽은 종가라는 사람 건데, 도박하다가 빚
을 저서 내놓은 거야. 이쪽은 민가네의 것인데, 일가가
모두 죽어서 땅이 공매로 나온 거고. 뭐, 현청에서 직농
지로 거둘 수도 있긴 한데, 그게 잘 관리하기 어려우니까
일단 매물로 나온 거네."

"손 장자님은요?"

"손 장자? 그분은 이미 재산도 많은데 이런 쥐꼬리만
한 땅에 관심이나 있겠나?"

"이걸로 하죠."

장호는 민호청이라는 사람이 가지고 있던 땅을 사기로 했다.

일가족이 전부 죽어 그 땅의 소유권이 붕 떠버렸기에 관청의 것이 된 것이라면 뒤탈도 없을 것이기 때문이다.

*　　　*　　　*

돈을 지불하고 땅의 주인이 되었다.

명의는 장일 형의 앞으로.

이걸로 그 땅은 이제 장일의 것이다.

그러기 위해서는 금자 오십 냥을 내어야 했다.

은자 오백 냥.

그만큼 땅은 상당히 귀한 것이다.

여하튼 그렇게 돈을 내고 나서 장호는 땅문서를 받아 들었다.

이제 장일은 정당한 농지의 주인이 되었다.

이 소식을 형에게 가르쳐 주면 형은 화를 내리라.

그러나 화를 내든지 말든지.

형에게 땅을 사주어야 장가를 보낼 것 아닌가?

땅을 사주는 것은 형을 장가보내기 위한 장대한 계획

의 일환일 뿐이니 아무래도 좋은 일이었다.

그런데 장삼은 어쩐다?

이 소도시에 객잔은 이미 충분했다. 포화 상태라고도 할 수 있다.

이 소도시에 객잔을 하나 더 열어봤자 문제가 있다.

출가를 시킬까?

하지만 뭘 믿고?

장호는 편집중이라고 할 만큼 형제들의 안전을 걱정했다. 하지만 그럴 수밖에 없었다.

세상에는 많은 사람이 살아가고 있고, 죽어가는 사람보다 태어나는 사람이 많기는 하다.

그러니 이렇게 중원에 사람이 많겠지.

하지만 그렇다고는 해도 죽어나가는 사람의 수가 결코 적은 건 아니다.

대도시에 가면 매일 밤마다 대도시 구석진 곳에서 취객을 노린 살인강도가 횡행하고, 마약을 파는 흑도의 조직원들과 도둑들이 기승을 부리는 것이 일반적이다.

관리들도 부패하여 썩어버렸으니 제대로 돌아갈 리가 없다.

둘째 형 장삼이 옆에 있다면 장호는 형을 구해줄 수 있다.

그러나 이 마을은 장삼이 택한 직업으로 자수성가하기에는 조금 문제가 있는 곳이다.

어쩐다.

장호는 머리를 굴리다가 적어도 자신이 이 과거로 회귀하던 시점까지 무사했던 문파들을 떠올렸다.

그들 문파가 장악한 지역에 객잔을 차리면 안전하지 않을까 하는 생각을 한 것이다.

한번 생각해 볼 문제로군.

그렇게 생각하면서 장호는 의방으로 향했다.

* * *

"이건 또 무슨 일이래?"

의방에 왔더니 전혀 의외의 일이 그를 기다리고 있었다.

웬 패잔병 무리가 의방에 진을 치고 있었던 것이다.

그 수는 대략 삼십여 명 정도였는데, 대부분이 표국의 사람 같았다.

본래 이 진가의방은 여기에 있어서는 안 되는 거다.

이것 하나만으로도 이미 미래는 바뀐 상태라고 할 만했다.

그렇다면 이들은 본래는 이 의방에 올 일이 없는 사람이라는 거다.

그러다가 장호는 기억해 냈다.

진가의방이 문을 닫고 몇 달 후, 인근에서 산적들이 나타났었다.

정확히는 정양과 태원 사이의 한 지점에 산적들이 세력을 구축했다.

그 결과 그 길을 다니던 상단 모두가 피해를 입었다.

그 산적들은 이제는 쫄딱 망해서 사라진 녹림십팔채의 진전을 이었다고 주장하였고, 여기저기에서 싸움을 하고 다녔는데, 저번에 서건을 호위하도록 의뢰했었던 진선표국이 이 당시에 멸망했다.

진선표국이면 제법 세력이 굳건한 표국인데 산적들과의 싸움 때문에 와해되었으니 이는 그리 작은 일은 아니었다.

결과적으로 산적들은 금련표국과 소림에서 파견된 승려 두 명에 의해서 정리가 되었다.

소림승려 정광과 정법.

이 두 승려는 절정고수였고, 이들이 앞에 서서 산적들을 공격하자 그들은 버티지 못하고 지리멸렬하게 되었다.

그렇다고는 해도 금련표국도 제법 큰 피해를 입었었고, 세력이 조금 약해지게 되는 결과를 낳았다.

그런데 이상한 것이, 그 산적들은 금련표국과 싸우면서 와해되긴 했지만 그 사태를 일으킨 산적단의 우두머리는 도망쳤다는 것이다.

이제 그 사건이 시작되려는 것이다.

장호는 그들을 척 보고 그 사건을 떠올리면서 진선표국의 표사들이 일 차로 공격당하고 도망쳤다는 것을 알았다.

전생에도 저들은 진가의방을 생각하고 마을에 왔었다.

그러나 그때는 서건이 이미 의방을 정리하고 떠난 이후였다.

"의원님!"

내가 문을 열고 들어가자 부상자들을 살피던 이연이 쪼르르 달려왔다.

"이게 무슨 일이냐?"

"환자들이 왔어요. 모두 진선표국의 분들이시라는데……."

"무슨 이야기인 줄은 알겠구나. 우선 가서 환자실을 치우거라."

환자실은 제법 널찍하지만 최대 정원은 열 명이다. 그러나 서른 명이 넘는 저 부상자는 이미 정원을 넘은 수였다.

"후, 일거리가 많군."

장호는 고개를 설레설레 흔들었다.

第十一章

산적이 뭐하는 놈들인지 아냐?

도적의 무리는 예로부터 지금까지
계속 존재해 왔다.
사람의 본성에 내재된 악의는
아주 쉽게 사람을 악인으로 만든다.
때문에 도적은 사라질 수가 없다.
인간의 사악함이 사라지지 않으므로.

인간의 본질

"후우. 대충 처리했군."

장호는 진선표국의 표사들을 모두 치료했다.

사실 전원이 표사인 것은 아니었다.

표사가 스물네 명. 나머지는 상인과 쟁자수들이었다.

듣기로 이보다 더 많은 수가 함께했었다 한다.

그런데 모두 죽은 거다.

물건은 탈취당했고, 소수만 살아서 도주했다.

장호가 치료한 이들이 바로 그 도주한 소수였다. 간신히 도망친 자들이 장호의 의원으로 찾아온 것이다.

중상자가 거의 대부분이었고, 경상자는 불과 세 명뿐이었다.

덕분에 장호는 꽤나 바쁘게 일해야 했다.

그나마 연고를 꽤 만들어두었기에 망정이지 아니었으면 지혈도 제대로 못할 뻔했다.

여하튼 장호는 병자를 전부 제대로 치료했다.

"고맙소, 장 의원."

사실 장호의 나이는 십사 세다.

그러나 외모 때문에 누구도 그를 어린아이로는 보지 않는다.

십팔 세 정도면 젊긴 해도 어리다는 말을 들을 정도는 아니니까.

"의원으로서 당연히 해야 할 일입니다. 그런데 무슨 일입니까?"

"그건 말하기 좀 곤란하구려."

장호는 이미 그들이 겪은 일에 대해서 알고 있었다.

그런데 상대가 말하기 곤란하다고 말하니 재미있었다.

하지만 내색은 하지 않았다.

그가 산적들의 습격에 대해서 아는 것 자체가 이상한 일이니까.

"알겠습니다. 우선 환자들 말입니다만."

"말해보시오."

"중상자가 많아서, 대부분 적어도 한 달간은 정양해야
할 겁니다."

"으음, 알겠소. 참, 혹시 여기 말이 있소?"

"없습니다만."

"그러면 말을 좀 수배해 주시오. 표국에 사람을 보내
야 하오."

"알겠습니다. 구해보지요."

장호는 그리 대답해 주고는 이진을 현청으로 심부름
보내었다.

이 마을에서 말을 가진 곳은 현청밖에 없기 때문이다.
작은 마을이라 대부분 말을 가질 만한 살림살이가 되지
않았다.

*　　　*　　　*

"흐, 쥐새끼들. 이런 곳으로 숨어들었나."

손도끼를 든 중년의 거한이 이를 드러내며 짐승처럼
웃고 있었다.

그의 뒤에는 그와 비슷한 행색의 사내가 적어도 서른

명 정도가 서 있었다.

그들은 산의 중턱에서 이관을 내려다보고 있었는데, 하나하나의 기도가 보통은 넘어 보였다.

"온 김에 계집질 좀 하고 갈까? 어떠냐, 아그들아!"

"흐흐. 좋죠, 대장."

"작은 곳인데 예쁜 계집애가 있을까?"

"처녀는 있을걸?"

"흐흐, 못생기면 좀 어때? 처녀면 나는 좋다구."

"이런 처녀성애자 새끼 같으니."

차마 입에 담을 수 없는 말들이 이어졌다.

험한 말들을 연신 내뱉는 이 불한당들은 바로 진선표 국을 습격한 산적의 추격대였다.

그들은 진선표국의 생존자들이 숨어든 이 마을까지 쫓 아온 것이다.

"자자, 우선 그 표국 놈들이 어디 있는지부터 찾아야 한다. 그러고 나서 계집질을 하든 사내질을 하든 마음대 로 하자고. 알겠냐?"

"예이, 대장!"

악당들이 웃으며 천천히 걸음을 옮겼다.

＊　　　＊　　　＊

본래라면 저 부상자들은 이 마을을 지나쳐 가야 한다.

그런데 장호가 진가의방을 유지함으로써 그들이 여기에서 치료받았다.

이게 좋은 일일지 나쁜 일일지.

장호는 어느 쪽일지 가늠하기가 어려웠다.

하지만 그렇다고 내칠 수도 없다.

이유가 없으니까.

그들이 여기 있는 건 역사상 없었던 일이다! 이러면서 내칠까?

그러자면 애초에 여기에 의방이 있는 것부터가 문제가 아니겠는가?

여하튼 장호는 그런 생각을 하면서 고개를 흔들었다.

어차피 그들을 치료해 줄 수밖에 없으니, 그런 고민은 그만할 생각이었다.

다만 산적들은 좀 문제다.

장호가 어렸을 적의 일이고 실제로 그들이 이 마을에 나타난 것도 아닌지라 딱히 그들에 대해서 아는 것이 없다.

그래서 이 일이 어떻게 변화할지 알 수가 없었다.

태원까지 갈 적에도 이미 절정고수임에도 안전을 생각

하여 표사를 고용했던 장호다.

그의 신중한 성격이 이번 사태가 어떻게 진행될 것인가에 대해서 고민하는 것은 당연한 일이었다.

그리고 그런 장호의 고민은 현실이 되었다.

쾅!

대문에 박살 나는 소리가 들려온 것이다.

"음……."

장호가 신음했다.

산적들이 추격해 온 것이겠지?

그렇지 않다면 대문을 박살낼 수 있는 이가 있을 리가 없다.

장호는 인상을 쓰며 방에서 일어섰다.

그리고 방 밖으로 나가 대문으로 고개를 돌렸다.

"크하하하. 이 쥐새끼들! 모두 여기에 모여 있었구나!"

손도끼 두 개를 허리에 대롱대롱 매달고 있는 거한이 괴소를 짓고 있었다.

거한은 부상 입은 표사들을 상대로 웃는 중이었다.

장호는 그를 보자마자 정체를 알아차렸다.

장호는 과거 저 거한에 대해서 들어본 바가 있었다.

그가 전생에 의방을 개업할 때에도 그는 살아서 악행

을 저질렀기 때문이다.

철피혈부(鐵皮血斧) 추위곽.

추위곽은 어렸을 적부터 키가 크고 근육이 잘 발달했으며 뼈가 굵었다 한다.

게다가 신력까지는 아니더라도 제법 강한 근력을 타고난 장사였다.

그런 추위곽은 강호의 마두 중 하나인 철피혈마라는 작자의 여섯 제자 중 하나가 되었는데, 다른 사형제가 철피혈마의 변덕에 죽는 동안에도 그는 살아남아 철피혈마의 무공을 배웠다.

그러다가 이윽고 스승인 철피혈마를 쳐 죽이고 철피혈마의 비급을 챙긴 작자가 바로 그다.

애초에 그의 사부도 제정신은 아니지만 그도 그의 사부 못지않은 작자인 것이다.

그리고 추위곽이 익힌 철피혈마공, 이게 참 골 때리는 마공이기도 하다.

사람의 피에는 혈력이라고 하는 기운이 있다고 한다.

이게 진짜인지 아닌지는 잘 모르겠으나 마두 중의 상당수가 그걸 믿었다.

여하튼 철피혈마공은 몸을 피 속에 담그고서 수련해야 하는 마공이다.

그래야 효험이 있는 무공인 것이다.

게다가 이게 제법 쓸 만한 무공이기도 했다.

강호의 평가로 치면 적어도 상승절학인 무공인 셈이다.

사람의 피로 목욕을 해야 한다는 것이 끔찍스럽지만 위력만큼은 좋았다.

추위곽은 사람 목숨을 아무렇지도 않게 생각하는 것을 넘어서 완전히 재미 때문에 죽이는 미치광이였다.

그러니 이런 무공을 익힐 수 있는 것이겠지.

그런 미치광이 같은 무공을 무려 이십 년간 수련해서, 그의 몸은 이미 도검불침의 경지에 이르러 있었다.

어지간한 내가중수법으로도 상처를 입히기 어려웠다.

게다가 그 스스로도 절정고수이기도 하고 말이다.

다만 이십 년간 수련을 했다고는 하지만 그리 정열적으로 수련한 것은 아닌 것이 단점이다.

그는 절정고수가 되고 도검불침이 된 이후로는 그다지 수련에 열의를 보이지 않았던 것이다.

이유는 단순했다.

애초에 성격 파탄자인 그인지라 적당히 강해지자 고련을 할 필요성을 느끼지 못하고 방탕하게 살고 싶어 했기 때문이다.

대부분의 사악한 무인이 대성하지 못하는 이유 중 하나가 바로 이것이다.

그들은 노력을 좋아하지 않는다.

애초에 마공이라는 것 자체가 노력을 적게 하고 빠르게 강해지기 위해서 만들어지는 것도 그런 이유다.

노력을 좋아하지 않으니까.

노력은 힘들고 귀찮으니까.

그런데 저 마두가 여기에 나타났다니?

추위곽은 우선 피부가 납빛이고 키가 팔 척이나 되는 거한이다.

그리고 두 자루의 손도끼를 쓴다.

장호가 추위곽을 알아본 것은 그 모습이 완전히 들은 바와 판박이이기 때문이었다.

판박이라.

그러나 지금 이 시점의 추위곽은 사실 그렇게까지 강하지는 않을 거다.

지금의 장호는 십사 세이고, 장호가 그의 소문을 들었던 것은 삼십 세 때의 일이다.

그러니 적어도 십육 년의 차이가 있는 것이고, 그것은 그만큼 그가 약하다는 의미였다.

그에 비해서 장호는 어떤가?

기실 내공은 전생보다 더 강해진 지 오래였다.

스승의 유산 덕분이다.

그러나 무공의 경지는 전생에 비하여 손색이 있었다.

그의 육체는 강건하지만 전생과 같이 산전수전을 겪었던 경험이 축적되어 있지 않았기 때문이었다.

"나 같으면 자살했겠다. 너희가 여기까지 도망 오는 바람에 이 어르신들이 결국 여기까지 와버렸잖아."

추위곽이 더럽게 웃는 꼴을 보면서 장호는 한숨을 내쉬었다.

어쩔 수 없군.

이럴 일이 생길 수도 있다고 생각은 했었지. 준비한 것을 써야겠는 걸.

예상치 못했던 일은 아니다. 장호는 혹시 모를 이런 날을 대비해 준비해 둔 게 있었다.

장호는 슬그머니 방안으로 다시 들어갔다.

그리고 몇 가지 물건을 챙기고서 밖으로 나섰다.

그사이에 추위곽은 멋대로 떠들어 대고 있었다.

"너네는 역병신이야. 알아? 우리라는 역병을 끌고 왔으니까. 우리가 이제 뭐 할 건지 아냐? 우선 너네들을 다 죽일 거야. 그리고 이 조막마한 마을을 약탈할 거야. 계집들을 따먹고, 뭐, 예쁜 남자가 있으면 남자도 따먹지,

뭐. 어쨌든 따먹을 만한 건 다 따먹고 전부 죽여 버릴 거야. 어때? 좋지 않냐? 너네가 멍청하게 도주한 바람에 이 마을은 그렇게 개떡처럼 변할 거라고. 응? 좋지? 그렇지?"

추위곽은 말이 많은 작자인 듯 떠들어 댄다.

그리고 그의 뒤에 선 수하들이 말을 받았다.

"우와! 우리 대장 정말 악질이다."

"하지만 우린 그런 대장을 좋아하지."

"크흐흐흐, 이런 곳에 예쁜 남자 새끼가 있을까? 내가 요새 예쁜 남자 엉덩이가 너무 좋더라고?"

이미 인간 말종 같은 작자들이었다.

"이, 이놈들!"

그나마 경상인 자.

진선표국의 표두인 섬전검 우장진은 몸을 부들부들 떨며 검을 뽑아 들고 있었다.

그의 뒤로 살아남은 표사 중 경상인 자들만이 무기를 들고 섰다.

그러나 저쪽은 서른이 넘고 이쪽은 다섯이다. 그리고 무위의 차이도 컸다.

"흐흐. 정의라는 게 그런 거야. 제대로 휘두르지 못하면 주변을 피폐하게 만들고 말지. 너희는 여기 오지 말고 그냥 우리한테 죽는 게 이들을 돕는 거였어."

추위곽은 뭔가 자기만의 논리를 설교하는 것을 즐기는 모양이었다.

그러나 그의 설교를 듣는 장호로서는 어이가 없었다.

이 무슨 개똥 같은 논리를 펼치고 앉아 있나?

"들어주자니 정말 개똥 같네. 그 아가리 안 다무냐? 악취가 나서 코가 썩을 거 같아."

장호가 방을 나서면서 그들에게 말을 걸었다.

*   *   *

장호의 특징 중 하나는 적에게는 걸쭉한 입담을 과시한다는 점에 있다.

그는 사실 신중한 성격이고 욕설을 즐기는 성격은 아니다.

그럼에도 적을 만나 욕설을 내뱉는 버릇이 든 데에는 이유가 있다.

그게 살아남는 데 더 도움이 되기 때문이다.

사람은 참 기묘한 생물이라서, 타인의 언행에 신경을 쓴다.

아무리 악인이라고 해도 면전에서 '세상에 필요가 없

는 닭똥 같은 개새끼야' 같은 욕을 먹고 아무렇지도 않을 위인은 없는 것이다.

감정의 동요는 곧 전투력의 상실로 이어지고, 찰나의 순간 생명이 오락가락 하는 전장에서는 제법 쓸모가 있다.

그러다 보니 장호는 적을 만나면 자연스레 입이 걸걸해 진다.

물론 면전에서 남에게 이런 소리를 들은 적이 없는 추위곽은 당연히 분노했다.

더구나 상대는 아무리 많게 보아도 스물 부근인 애송이 녀석이 아닌가?

"이 솜털도 안 난 새끼가?"

쐐에엑!

그의 허리춤에 매달린 손도끼가 번개처럼 움직인 손에 의해서 허공을 날았다.

무서운 속도로 회전한 손도끼는 그대로 장호를 덮쳤다.

하지만.

장호는 간단하게 고개를 틀어 그 공격을 피해냈다.

"솜털이 안 난 건 사실이지만, 이런 공격에 당하진 않아, 추위곽."

"내 이름을 아냐?"

"알지. 철피혈마공을 익힌 것도 알지."

전투시 상대의 심리를 흔들어라.

장호는 이런 방법을 자주 써먹었다.

저벅저벅.

추위곽의 전면으로 걸음을 옮기던 장호는 다시 말을 꺼내었다.

"쌍부의 고수잖아? 그런데 하나를 날리면 어쩌자는 거야? 머리에 든 게 없어서 그런 건가?"

하나같이 추위곽을 도발하는 말이나 다름이 없었다.

"이 개새끼가!"

쾅!

땅이 쩍 갈라질 정도로 땅을 구른 추위곽의 몸이 비호처럼 날아왔다.

그의 손에는 어느샌가 손도끼가 하나 들려 있었다.

그리고 장호는 그런 추위곽을 보며 눈을 빛냈다.

걸렸군, 머저리.

쐐애액!

추위곽의 거구에서 나오는 괴력, 그리고 내공에서 우러나오는 힘이 합쳐져 태산을 쪼갤 듯한 거력을 담은 손도끼가 수직으로 내려찍어 왔다.

그러나 상대가 어떻게 공격할지 이미 예측한 장호에게 그 공격은 피하기 쉬운 헛놀림에 불과했다.

도리어 장호는 추위곽의 품으로 파고들었다.

외공의 고수들은 대부분 자신의 몸을 믿는다.

그래서 대부분은 방어에 허술하고, 자신의 몸을 믿고서 동귀어진의 수법을 쓰기를 즐긴다.

그리고 이 추위곽은 현재 잔뜩 분노해 있었다.

거기다 어린 장호의 외견을 보고서 방심마저 한 상태였다.

그래서는 안 되었다.

쩌억.

장호의 손바닥이 정확히 그의 늑골을 후려쳤다.

그리고 그의 몸이 부르르 떨며 뒤로 몇 걸음 물러섰다.

"쯧쯧, 방심의 대가는 네 싸구려 목숨이야. 그걸 알았어야지, 머저리."

진호가 비웃음을 보냈다.

주륵.

추위곽의 입술 사이로 피가 흘러 나왔다.

갑작스럽게 피를 왈칵 토하거나 하지는 않았지만, 입술 사이로 주륵 피를 흘리며 비틀거렸다.

오 성의 공력을 사용했다.

오 성의 선천의선강기가 심류장에 의해서 추위곽의 내부로 침투한 것이다.

추위곽의 몸 내부는 상당히 단련되어 있긴 했지만, 내부에서 소용돌이치는 선천의선강기의 와류를 견딜 정도는 아니었다.

게다가 장호가 쏘아낸 오 성의 공력. 그것은 삼십 년의 공력이다.

결코 얕잡아볼 수 없는 양이라는 것이다.

털썩.

그가 무릎을 꿇었다.

그리고 결국 아무런 말도 하지 못하고 쿵! 소리를 내면서 그 몸을 땅에 뉘였다.

죽은 것이다.

"뭐, 뭐야?"

"대, 대장?"

남은 산적들이 당황해 추위곽을 보았다.

믿던 대장이 이렇게 쉽게 가버리다니?

하지만 그것이 현실이었다.

남은 산적들은 순간 당황해 어찌할 바를 모르고 허둥댔다.

그리고 장호는 그들을 살려 보낼 생각이 조금도 없었다.

쐐애액!

장호의 손이 몇 번 움직인다.

그리고 비수가 하늘을 날았다.

"으악!"

"크악!"

비수는 산적들에게 날아가 박혔다. 그리고 비수에 맞은 이들은 학질에 걸린 듯 바르르 떨며 땅에 고꾸라졌다.

강한 마비독을 바른 비수를 사용한 탓이다.

장호라고 해도 그들의 급소를 단번에 맞출 수는 없어 독을 쓴 거다.

애초에 장호의 전투법이 이런 식이었다.

우선 외공으로 나를 지키고, 다음 권검투공으로 근거리에서 실전적으로 싸우며, 마지막으로 심류장으로 적의 방어를 박살 내고 내부를 파괴한다.

장호는 의술을 배웠기에 독에 대해서도 연구하였다.

독공을 익힌 것은 아니지만 그 자신의 무기에 독을 바르고 싸우기를 주저하지 않는다.

그래서 그는 정사지간의 인물로 분류되었던 것이다.

"나 하나도 못 이기나? 하기사, 산적이 그렇지."

"이 애송이 놈이?"

"죽여!"

남은 산적들이 달려들었다. 숫자를 믿은 것이다.

그러나 그것이야 말로 장호가 노리는 바였다.

여기서 오늘 다 죽여주마.

장호는 그렇게 생각하며 마주 뛰어 산적들에게 달려들었다.

第十二章

흔적을 지워야지

적의 추격을 막기 위해서는 흔적을 지우는 것이 좋다.

전략

"구은에 감사하오."

섬전검 우장진이 포권을 해 보였다.

그는 장호가 어린 의원이라고 생각했을 뿐 무인이라고 생각도 못 해봤다.

그런데 기실 우장진 그 자신보다도 더 뛰어난 무위를 가지고 있을 줄이야.

강호에는 기인이 많다지만, 이리 어린 기인이 있을 줄은 그도 미처 예상하지 못한 일이었다.

섬전검 우장진은 이전에도 이관를 자주 왕복했었지만,

진가의방의 주인이었던 진서가 고수인 것도 모르고 있었다.

사실 이 작은 마을은 평화로운 지가 오래이니 그럴 만도 하다.

"아닙니다. 할 일을 했을 뿐이니까요. 그런데 저들이 추적자를 계속 보낼 것 같으니 문제군요."

장호의 말에 섬전검 우장진은 굳은 표정이 되었다.

저들이 왜 진선표국을 몰살시키려고 하는지는 알 수 없으나 이건 작은 일이 아니었다.

게다가 이번 표행은 몹시 중요한 것이어서 이후 후폭풍도 문제였다.

바로 군납을 위한 물품을 운송 중이었던 것이다.

진선표국은 백오십여 명의 표사를 보유한 표국이다.

그런데 이번 물품을 운송하기 위해서 백 명이 동원되었다.

표국 전력의 육 할이 넘는 인원을 쓴 것이다.

그런데 그 대부분의 인원이 전멸해 버렸다.

그만큼 상대 산적들이 보통의 무리가 아니라는 반증이기도 했다.

아마도 산적들은 그들의 전력을 감추고자 확인 사살을 하러 여기까지 추격해 온 것이리라.

"저들 중에는 절정고수가 여럿 있었소. 그리고… 초절정의 경지로 짐작되는 이가 한 명 있었는데, 그가 산적들을 지휘했소."

"음……."

초절정의 경지!

그것은 장호도 가보지 못한 경지이다.

강호에 초절정의 경지는 그 수가 겨우 백여 명도 되지 않는다.

그만큼 드물고 강한 존재였다.

적어도 명문대파의 장로급은 되어야 초절정의 경지에 올라 있다고 할 수 있었다.

그런 자가 직접 나서서 다수의 절정고수를 거느리고 진선표국을 습격했다?

그렇다면 이 섬전검 우장진이 살아남은 것이 도리어 이상한 일이다.

그런 의문이 서린 눈빛을 우장진은 보았다.

그는 장호의 시선에 씁쓸하게 웃었다.

"표물에 불을 지르고 도망쳤소. 놈들은 표물의 불을 끄느라고 우리를 잡지 않았지."

그거 참 기발한 생각이로군.

장호는 우장진의 탁월한 판단에 감탄을 터뜨려야만

했다.

그의 말대로다.

저들은 표물 강탈이 가장 중요한 목표였을 거다.

그리고 증거인멸을 위해서 모두를 죽이는 것이 두 번째 목표였을 터.

그러나 우장진이 표물에 불을 지르고 도주하자 우선 불부터 끄고 본 것이다.

그리고 그들의 흔적을 따라 추격을 해 왔겠지.

"그런데 초절정고수로 보이는 이가 있다니 문제가 심각하군요."

초절정고수가 하나.

그리고 절정고수가 다수.

이 정도면 금련표국 전체와 같은 급의 전력이다.

금련표국이 강호에서 상당히 강성한 세력 중 하나인 것을 감안하면 이 산적은 보통 놈들이 아니었다.

이런 놈들이 갑자기 어디서 나타났단 말인가?

황교인가.

황교가 강호 전복을 노리고 활동을 개시한 것은 장호의 나이 서른 살 때의 일이다.

그것도 드러난 행적이 그렇다는 것으로, 그전에는 대체 무슨 짓을 하고 다녔는지 아는 이가 거의 없었다.

아마도 개방이나 하오문 같은 곳은 어느 정도 아는 바가 있겠으나 장호는 그렇게 강호사에 정통한 사람은 아니었다.

강호의 경험이 많다고 해서 강호 세력들의 구도와 행적을 잘 알거라고 생각한다면 오산인 것이다.

황교라. 황교라.

장호는 속으로 황교에 대해서 중얼거렸다.

장호의 입장에서는 황교가 무슨 짓을 하고 다니든 사실 의미는 없었다.

황교에 대한 조사에 그가 속하게 된 것은 정말로 그가 의술과 무공이 전부 경지에 올라 있었기 때문이다.

그 조사 당시에 장호를 제외한 모든 이가 초절정의 경지였을 정도다.

여하튼 냄새가 났다.

아마도 이건 황교가 꾸민 음모일 거다.

혹은 장호 자신이 모르던 제삼의 세력이 암약하고 있을지도 모르지만…….

여하튼 보통 산적은 절대로 아니다.

애초에 저 철피혈부라는 작자도 보통의 거물은 아니었다.

아직 이 시점에서는 거물이 아니고 방심하다가 장호의

심류장에 얻어맞고 즉사하긴 했지만 그리 쉽게 죽을 만한 마두는 아니었다.

그러고 보면 이거 때문에 미래가 또 바뀌겠군.

철피혈부가 죽인 인간이 한둘인가?

지금 이 시점에서 장호가 살던 미래의 시간까지, 십수 년의 시간이다.

그 시간이면 저런 살인광이 죽일 사람의 수가 거의 수백은 될 거다.

수백여 명의 사람 중에는 강호인도 필시 많을 터.

그리고 그들은 지금 장호 때문에 전부 살아남았다.

누구도 모르지만 장호는 수백여 명의 인명을 구원한 것이다.

그러나 이게 옳은 일일까?

장호는 미련한 사람이 아니다.

이미 진가의방이 여기에 있음으로써 이들 진선표국을 불러들였다.

미래가 바뀐 거다.

그렇다면 이제 어떻게 미래가 변화할까?

"그런데 진선표국에는 누가 가시겠습니까?"

"여기 전무가 갈 것이오."

"알겠습니다. 조금 있으면 현청에서 말이 올 겁니다.

그 말을 타고 가시면 됩니다."

"고맙소. 이 은혜 꼭 갚으리다."

"괘념치 마십시오."

장호는 그에게 말하고는 몸을 돌렸다.

대책이 필요했다.

미래가 변할 것은 확실하고, 어떻게 대응해야 하는가
에 대해서 생각해 보아야 했다.

*   *   *

장호는 강호에서 여러 경험을 했고, 다수의 무인과도
혈투를 벌였었다.

그래서 철피공을 익힌 것이고.

지금은 철피공이 아닌 금강철신공과 용린갑을 익힌 상
태지만, 사실 아직 완전하지는 않았다.

도검불침이 아닌 것이다.

그러나 도검불침이 아니라고 해도 싸울 방법은 있었
다.

그에게는 순후한 일 갑자의 선천의선진기가 있고, 독
에 대한 지식들이 있으며, 과거와는 비교도 안 되게 성장
한 육체가 있었다.

"한 달 정도 마을을 비워야겠군."

장호는 결정했다.

적을 먼저 요격하여 처리한다.

저들은 분명 이 마을을 다시 찾을 거다.

저 산적들이 흔적을 남기며 왔을 거고, 그걸 따라올 것이 뻔하다.

그렇다면 지금부터 장호가 산적들이 남긴 흔적을 따라 역으로 올라가면 흔적을 따라서 오고 있는 적들과 조우할 터다.

거기서 그들을 몰살시킨다.

그리고 다시금 흔적을 따라서 오는 식으로 행동한다면 되리라.

장호는 우선 이연과 이진을 불렀다.

"부르셨어요?"

"환자들을 돌보는 일은 잘되고 있느냐?"

"예. 걱정 마세요, 의원님. 문제없이 하고 있어요."

"좋아. 나는 한 달에서 두 달 정도 자리를 비워야 할 것 같다."

"저들 때문이군요."

이연의 눈동자가 장호를 빤히 보았다.

"그래, 저들 때문이지."

"어쩌시려고 그러시는 건지 알 수 있을까요?"

"간단해. 적들이 오기 전에 내가 적들을 찾아갈 거야."

투격공은 상당히 쓸 만한 무공이다.

산적 부하들을 처리할 때도 마비독을 바른 비수를 투격공을 사용해 던진 것이었다.

산적들은 그 비수를 제대로 피하거나 막지도 못했다.

독.

그리고 원거리 공격.

그것은 다수를 상대할 때 몹시도 효과적이어서, 장호는 그런 전투법을 즐겨 쓰기도 했다.

"그리고 그들을 영원히 입 다물게 해줘야지."

이연과 이진이 몸을 부르르 떨었다.

그리고 그들은 떠올렸다.

처음 소룡객잔에서 장호와 만날 날, 장호는 털보장한을 일수에 죽였다.

그리고 오늘.

저 산적들도 모두 죽였다.

어쩌면 장호는 자상하면서도 냉혹한 사람일 수도 있다.

이연과 이진은 그걸 깨달은 것이다.

"그럼 그렇게 알고 준비하거라. 내 형님들에게 말해둘 테니, 두 분이 너희를 돌보아주실 거다."

"예."

"그럼 나가보거라."

장호의 말에 두 명은 자리에서 일어나 밖으로 나갔다.

두 명이 나간 이후 장호는 독을 챙기기 시작했다.

이어 비수도 챙기고 간단하게 행장을 꾸렸다.

날이 푸근한 것이 그나마 다행이다.

겨울이었다면 적들을 추적하는 것도, 혹은 숨어서 기다리다가 기습하는 것도 어렵기 때문이다.

여하튼 장호는 여러 가지를 준비하기 시작했다.

그때다.

"의원님, 포두께서 만나기를 원하십니다."

방 밖에서 장호를 부르는 소리가 들려왔다.

* * *

"장호야. 이, 이게 정말 네가 한 일이니?"

포두 이경찬.

그는 이관현에 속한 현청에 있는 단 세 명의 포두 중 한 명이었다.

그리고 그는 장호와 아는 사이이기도 했는데, 그가 명진서와 친하기 때문에 그랬다.

그의 놀람이 번지는 표정을 보면서 장호는 한숨을 내쉬었다.

이제 이 마을에서 평범히 살기는 글렀다는 생각을 한 탓이다.

"예, 제가 했어요."

"진, 진 영감님이 고수라는 소리를 얼핏 들었다만. 그… 너도 무공을 익힌 거지?"

"그런 거죠."

"그, 그렇구나. 음, 이, 이럴 게 아니지. 저자가 추위곽이라고 하던데. 저자에게 현상금이 붙어 있다는 건 알고 있었니?"

"그래요?"

그건 좀 흥미가 간다.

"부녀강간 및 살해로 수배 중이지. 금자 오십 냥짜리야."

"우와. 제법 비싸네요."

금자 오십 냥이라?

이번에 산 농지가 그 정도 가격이었다.

그리 큰 것은 아니었지만 그래도 사 인 가족이 먹고살

기에는 충분한 농지였다.

그 농지의 가격이 금자 오십 냥이었는데, 이 산적 놈의 목에 그 정도 돈이 걸려 있었을 줄이야.

물론 절정고수 하나 기르려면 금자 오십 냥이 아니라 금자 삼백 냥 이상은 필요할 거다.

"그거 대단하네요. 그래서, 포상금은 언제 나오나요?"

"현청에서 전표로 줄 거야. 금마전장 걸로."

"좋네요."

"저놈은 목을 잘라서 소금에 절여서 위쪽에 보내야 하고."

"꽤 짜증나는 작업이겠군요."

"여하튼 네가 죽였으니 전표는 내일 받아 가라. 저 시체들은 우리가 끌고 가지."

"그래주시면 감사하지요."

"그리고 장호. 네 형들을 생각한다면 강호일에는 끼어들지 않는 게 좋아. 내가 무슨 이야기 하는지 알지?"

이경찬이 장호에게 진지하게 당부했다.

장호 역시 고개를 끄덕일 수밖에 없었다.

"예. 그러도록 노력해 보겠습니다."

"노력으로는 안 돼. 필사적으로 해. 네 가족이 어떤 불한당에게 죽임당하고 꼴을 보고 싶지 않으면."

포두 이경찬은 그리 말하고는 관병들을 시켜 시체를
수거해 가버렸다.

*   *   *

다음 날.

장호가 고수라는 소문이 쫘악 퍼졌다.

좁은 마을이니 당연하다면 당연한 일이다.

장호는 두 형을 만나기 껄끄러워서 전표만 받아 챙긴
다음 이연에게 형이 오면 말 잘하라고 당부를 해두고는
그냥 훌쩍 떠나 버렸다.

살인하러 간다는 이야기를 하기에는 그가 생각하는 형
들은 너무나도 보통인 사람이었으니까.

자, 그러면 이제부터 어떻게 한다?

장호는 추적술은 배운 적이 없었다.

그러나 산적들이 어느 방향에서 올 것인지 알아내는
것은 그리 어려운 일이 아니다.

그들은 걸어서 왔고, 방향만 안다면 그들이 이동한 흔
적은 쉽게 찾을 수 있으니까.

그들은 결코 자신의 흔적을 지우거나 조심해서 이동하
는 무리가 아니었다.

장호는 천천히 그들이 나타났었던 방향으로 향했다.

산적들을 하나둘 모두 죽여서 그 자신에 대한 흔적을 지울 시간이다.

세상이 그를 잘 모르도록.

第十三章

사람 죽이려고 강호인이 된 건 아닌데

누구나 선택의 순간이 온다.
그리고 선택에 따라서
서로 다른 삶을 산다.

운명

여러 식물 중에는 정제하면 강력한 마비 효과를 가지게 하는 종류의 것이 있다.

그런 것들 대부분이 몹시 쓸 만하다.

애초에 내력이 고강한 무인들에게는 제대로 통하지 않는 종류의 독이지만, 반면에 하수들에게는 몹시 효과적이다.

그리고 늘 그렇듯이, 다수의 하수가 문제다.

강호에 고수는 적고 하수는 많으니 하수들이 차륜전을 펼쳐 고수의 진을 빼놓은 다음 고수를 공격하는 것은 기본적인 전투 방법이었다.

때문에 장호는 마비독을 잘 썼다.

가루 형태로 뿌리기도 하고, 무기에 발라서 사용하기도 했다.

그리고 근접전의 경우는 권검타공으로 확실히 상대의 뼈를 부러뜨리거나 근육을 자르는 식으로 싸웠다.

그리고 상대가 고수라면 심류장으로 처리한다.

그것이 그의 방법.

이번에도 그렇게 하기로 하고서 마을을 떠났다.

더듬더듬 산적들의 흔적을 따라 이동하니 그들이 이동해온 경로를 대략 알 수 있었다.

장호가 흔적을 더 찾을 수 없는 지점까지 갔을 때에는 정양 근처의 산속이었다.

"이 놈들이 정양을 들렀다 왔었군? 그러면 이 근처에서 기다리고 있으면 놈들이 오겠어."

장호는 그 근처에다 임시로 지낼, 그리고 몸을 은신할 수 있는 공간을 만들기 시작했다.

우선 나뭇가지들을 모으고, 땅을 조금 깊게 파서 움막을 만들었다.

푸근한 날씨지만 땅을 파고 안에 들어가니 제법 차가웠다.

하지만 이 정도의 한기는 장호에게 별다른 문제는 되지 않았다.

여하튼 장호는 어찌 되었든지 간에 여기서 며칠 시간을 보내면서 산적들을 기다릴 셈이었다.

그들은 반드시 이리로 온다.

올 수밖에 없다.

그들의 습성이 그러하니까.

* * *

장호는 아예 내공을 수련하면서 그들을 기다렸고, 잠도 자지 않았다.

내공 수련을 하면서 몸의 피로를 풀어준 덕이다.

먹을 것은 가져왔기 때문에 굶주릴 일도 없었다.

마침내 삼 일째의 오후.

장호의 예측대로 산적의 또 다른 추격대가 나타났다.

그런데 이번에는 숫자가 더 많았다. 마흔두 명이나 되었던 것이다.

거기다 다들 제법 강해 보였다.

못해도 이류무인 이상은 되어 보이는 자들이다.

거기다 그들의 앞에는 절정고수가 한 명 있었다.

그가 저 무리를 이끄는 자일 것이다.

철피혈부 추위곽과는 다르게 그의 정체는 장호로서도 알 수가 없었다.

그가 본격적으로 강호로 뛰어들기 전에 죽은 이일 수도 있고, 혹은 별다른 특징이 없어서 못 알아보는 것일 수도 있었다.

여하튼 척 보아도 절정고수로 보이는 이와 일류에서 이류 사이의 무인이 마흔두 명.

이 정도 숫자면 장호가 아무리 절정고수라고 해도 전부 이기는 것은 어쩌면 불가능할 수도 있었다.

우선 장호는 나뭇가지로 숨긴 움막에서 호흡을 천천히 느리게 하며 자신의 기척을 지워 없앴다.

그가 들어가 앉은 구덩이는 잘 가려져 있어 일부러 소리를 내거나 기척을 내지 않는다면 그를 찾기는 어려울 터였다.

"이 미친놈들이 왜 재깍재깍 안 오고 지랄이야?"

절정고수가 육두문자가 포함된 아름다운 말을 지껄이고 있었다.

"이쪽 맞냐?"

"예, 대장님."

"혹시 이쪽으로 가면 마을이라도 있냐? 이 새끼들 혹

시 마을에서 일 치고 있는 건 아니겠지?"

"그럴 수도 있습죠."

"개새끼들. 임무 중에 무슨 짓거리야? 목을 비틀어 불라."

절정고수 사내는 그냥 평범했다.

검은색이라는 것을 제외하면 입고 있는 옷도 평범한 무복이었고, 체구도 크지 않았다.

그런데 입담 하나만큼은 상당히 대단했다.

"그나저나 슬슬 야영을 좀 해야 쓰것네. 어이."

"예, 대장."

"대충 여기서 쉬자. 하도 걸었더니 다리가 다 아프네."

"알겠습니다. 어이! 여기서 야영한다!"

산적들이 부산스레 움직인다.

장호는 그걸 보면서 운이 좋다고 생각했다.

저것들이 야영을 한다면 장호로서도 아주 쉽게 접근할 수 있으리라.

덜그럭덜그럭.

산적 중에서 큰 짐을 지고 있던 녀석 몇 명이 짐을 풀었다.

그것은 이동식 막사 같은 것이었다.

놈들이 그걸 조립하자 막사가 하나 만들어졌고 간이침대로 쓸 만한 것도 모습을 보였다.

저것만 봐도 그냥 산적은 아님을 알 수 있었다.

이 세상 천지에 어떤 산적이 간이 막사와 간이침대 따위를 들고 다니겠는가?

그런데 저것들은 대체 어디 놈들이지?

정말 황교의 놈들인가?

아니면 어디일까?

우두머리가 막사로 들어가고, 부하들이 여기저기에서 모닥불을 피웠다.

놈들은 육포를 뜯어 먹으며 여기저기에 널부러지기 시작했다.

어떤 놈은 술을 꺼내어 먹었는데, 그 분위기가 몹시 어수선하고 어설펐다.

군율이 잡힌 집단은 아니라는 말이다.

아니면 저 산적들은 그냥 말단이라서 외부에서 고용한 낭인 무리일 뿐이고 진짜배기는 그 절정고수 한 명뿐일지도 몰랐다.

어느 쪽이든 아무래도 좋았다.

장호는 그저 저 녀석들이 나타날 것을 기다리고 있었고, 처리할 뿐이다.

철피혈부 추위곽처럼 쉽게 죽일 수 있다면 좋겠지만, 그때는 운이 좋았을 뿐.

지금부터는 은밀하게 적들을 줄여야 했다.

*   *   *

장호는 밤이 되기를 기다렸다.

적들은 대범한 것인지 멍청한 것인지 불침번도 없이 그냥 모두 곯아떨어져 버렸다.

으슥해지고 모두 잠이 들자 장호는 슬그머니 구덩이에서 밖으로 나왔다.

스윽.

딱히 살수의 무공이나 은신술을 익힌 것은 아니다.

그러나 그는 적어도 소리를 죽이고 움직이는 법 정도는 알고 있었다.

그는 천천히 품 안에서 마비독을 꺼냈고, 그것을 잠들어 있는 자들의 코에 뿌렸다.

호흡기로 들이켜면 그대로 안면과 폐가 함께 마비된다.

폐가 마비되면 어찌 될까?

당연히 호흡곤란으로 죽음에 이르게 된다.

"컥!"

"큭!"

잠들어 있던 자들이 숨이 막혀서 그대로 저승으로 떠나 버렸다.

손쉽게 열 명 정도가 그의 손에 의해서 죽었을 때까지도 산적들은 그가 나타난 것을 몰랐다.

그리고 이윽고 마비독을 다 쓸 때까지도 아무도 잠에서 일어나지 않았다.

그가 마비독으로 해치운 산적의 수는 서른두 명이나 되었다.

마흔두 명 중 서른두 명이 이리 허망하게 북망산에 오른 것이다.

장호는 만족했다.

그다음으로 장호는 비수를 뽑아 들었다.

그리고 남은 잠든 이들에게 다가가 그 목을 찔러주었다.

소리도 내지 못하고 죽도록 한 것이다.

하나, 둘, 셋, 넷.

정말 쉽게 남은 인원들도 모두 죽였다.

마지막으로 남은 것은 결국 간이 천막 안의 절정고수뿐이었다.

장호는 조금 떨어진 장소에서 조용히 내공을 끌어 올렸다.

일 할, 이 할, 삼 할, 사 할.

우지직.

그의 몸 주변에 기이한 기류가 생겨났다.

용린갑을 발동시킨 것이다.

비록 미흡한 용린갑이지만 그래도 없는 것보다는 훨씬 나으리라.

탓!

장호의 몸이 천막을 향해 황소처럼 돌진했다.

장호는 천막을 제치고 그 안으로 뛰어들어 그대로 간이막사에서 늘어져 있는 이를 향해 번개처럼 쌍수를 휘둘렀다.

심류장법 최후 초식.

격공 심류장!

허공을 격하고 심류장을 쏘아내는 초식이 발휘되었다.

그 사정거리는 대략 오 장 내외지만, 위력만큼은 확실했다.

격공 심류장이 발출되기가 무섭게 중년 사내는 눈을 번쩍 떴다.

상대도 절정고수다 보니 강한 기의 파동에 눈을 뜬 것이다.

그러나 이미 중년인은 기습을 받은 상황이었다.

그가 눈을 번쩍 뜨고 두 손을 흔들어 심류장을 방어했지만 제대로 공력을 실은 것은 아니었다.

펑!

그의 손과 격공 심류장이 부딪치며 폭음이 일었다.

"크악!"

당연하지만 그는 큰 손해를 보았다. 내력이 역류하며 단전이 쪼개지는 고통을 느끼게 된 것이다.

장호는 별다른 말도 하지 않았다.

그저 침착하게 다음 공격을 시작했다.

펑! 퍼펑!

격공 심류장을 다시 연달아 사용한 것이다.

세 개의 장력이 번개처럼 내려꽂히자, 중년 사내는 누운 채로 방어를 위해서 손을 휘둘러야 했다.

그러나 사내는 두 개는 막았으나 나머지 하나는 결국 막지 못했다.

사내의 옆구리에 틀어박힌 격공 심류장은 그의 내부로 스며들며 내장을 파괴하고 있었다.

"으아아아악!"

그가 비명을 지르며 나뒹군다. 이미 저 정도면 죽어도 이상하지 않을 상처다.

장호는 그에게 공격을 하지 않고 가만히 내버려 두었다.

"네, 네놈은 대체… 누구냐? 누군데 왜 날…….."

"철피혈부 추위곽의 동료 맞나?"

장호의 말에 그는 두 눈을 크게 떴다.

이 어린놈이 추위곽을 알아?

"설, 설마. 네놈…….."

"추위곽은 죽었어. 조사대가 올 것 같아서 기다리고 있었지."

"크으윽."

"이봐. 당신은 이제 곧 죽어. 선택지가 있는데 들어볼 텐가?"

"뭐, 뭐냐?"

"고통스럽게 죽을래? 깔끔하게 죽을래?"

중년인은 장호의 말을 바로 알아들었다.

정보를 말하라는 압박인 것이다.

깔끔하게 죽지 못한다면 갖은 고문을 당하고 죽게 되리라.

어차피 죽는 것은 기정사실이지만.

"원하는 게……."

"너희 산채의 위치. 그리고 너희가 진짜 산적인지도 말해주고."

"그, 그건… 큭! 끄아아아악!"

그때였다.

중년인은 뭔가 말하려다가 불현듯 괴성을 질렀다.

그러더니 두 눈에서 피를 흘리며 갑자기 고개를 떨구는 것이 아닌가?

장호가 가서 살펴보니 즉사였다.

"이거 심령금제잖아?"

장호는 이 반응을 안다.

황교의 간부들이 이런 심령금제에 걸려 있었다.

풀 수도 없는 죽음의 금제다.

황교에 대한 정보를 발설하느니 죽으라는 황교의 의지.

"이거 황교 맞네."

장호는 상대가 황교라는 것을 확신할 수 있었다.

그리고 그들이 정말 황교라면 이 정도로는 흔적을 지우기 어렵다는 생각이 들었다.

그렇다면 흔적을 지우는 정도로는 안 된다.

상대를 귀찮고 혼란스럽게 만드는 것으로 계획을 변경

해야 한다.

즉, 금련표국을 끌어들이고 소림사를 끌어들이는 거다!

"그러려면 어떻게 한다?"

장호는 시체를 내려다보면서 곰곰이 생각에 잠겼다.

그리고는 곧 시체를 뒤지기 시작했다.

여러 가지 물건이 나왔고, 장호는 그것들을 정리해서 짐을 쌌다.

병장기는 일단 가져다 팔면 그게 다 돈이다.

짐을 다 챙긴 장호는 자리를 벗어났다.

목표는 태원이다.

*　　*　　*

장호가 태원으로 향하고 삼 일 후.

장호가 중년인을 살해한 그 자리에 한 명의 사내가 나타났다.

그는 어깨에 여우인지 담비인지 모를 생물을 데리고 있었는데, 이 귀여운 생물이 코를 연신 킁킁거리고 있었다.

"그래. 여기가 맞구나. 이 머저리들이 여기서 다 죽어 있군."

사내는 생물의 머리를 쓰다듬고는 시체들을 둘러보았
다.

날이 따뜻하여 이미 부패가 진행되고 있었지만, 사내
는 아랑곳하지 않았다.

"이건… 독? 이 멍청이들이 불침번도 안 세우고 잠이
든 건가? 잘하는 짓이다, 잘하는 짓이야."

그는 고개를 흔들었다.

쭉 장내를 둘러보던 사내는 이윽고 반쯤 부서진 천막
을 걷어내 들어갔다.

그리곤 그곳에 죽어 있는 중년인의 시체를 발견하고
자세히 관찰하기 시작했다.

그는 시체를 찔러보고 여기저기를 만져보더니 깜작 놀
란 표정을 지어 보였다.

"이건 격공장으로 내부를 파괴한 건가? 격공장으로 이
정도 내가중수법을 펼칠 수 있다면 절정고수 이상이란
소리인데?"

절정고수에도 격차가 있다.

그리고 절정고수와 초절정고수 사이에는 더 큰 격차가
있다.

그런데 상대가 절정고수 중에서도 상위의 실력을 가졌

다면 우습게 보아서는 절대로 안 된다.

또한 상대는 교활하고, 은밀하기까지 했다.

이런 적은 상대하기가 무척이나 까다롭기 때문이다.

어디서 갑자기 절정고수가 튀어나왔단 말인가?

"쯧, 보고해야겠군."

그는 고개를 내저었다. 그리고는 왔던 길을 되돌아가기 시작했다.

이로써 미래는 바뀌기 시작한다.

궤도를 살짝 벗어난 운명의 수레바퀴는 어느 곳을 향해 구르겠는가?

*   *   *

태원.

장호는 인구 수십만의 거대도시 태원에 들어서고 있었다.

가장 먼저 태원에 도착해서 장호가 한 일은 개방도를 찾는 것이었다.

그 이유는 별게 아니다.

개방도를 들쑤셔서 그들에게 냄새를 맡게 하고 금련표국을 움직이려는 것이다.

여기에 아주 그럴싸한 이야기를 하나 흘리면 아주 재미있는 일이 벌어질 터였다.

산적들의 발호는 금련표국에게는 좋은 일이다.

사실 이 근방에는 산적이 없었기 때문에 여태까지는 상단들이 자체적으로 낭인을 고용하여 돌아다니는 경우가 많았다.

사람은 안전 불감증을 가진 생물인지라, 그렇게 돌아다녀도 피해가 없자 안전하다고 믿고 말았다.

그러나 산적이 나타나 기승을 부리면 금련표국으로서는 장사가 더 잘되지 않겠는가?

그러나 그들에게 좋은 일이라고는 해도 그냥 내버려 둬서는 안 된다.

그들의 세가 커지면 결국 금련표국과 충돌할 수밖에 없고, 그러면 결국 피해를 입게 된다.

돈 좀 더 벌자고 표국의 표사를 잃는다면 그거야말로 본말 전도가 아니고 무엇이겠는가?

여하튼 장호는 그런 그들의 무거운 엉덩이를 옮기게 하기 위해서 개방도를 일단 들쑤실 생각이었다.

장호는 태원의 중앙 부근의 대로로 갔다.

그리고 그 근처에서 어슬렁거리고 있는 거지들을 유심히 살펴보았다.

그중 하나가 제법 무공을 익힌 티가 났다.

필시 개방도일 것이다. 장호는 한 객잔의 담벼락 밑에 늘어져 누워 있는 거지를 향해 다가갔다.

그 거지가 장호를 힐긋 보았다.

"무슨 일이슈?"

"개방의 의기를 빌릴 일이 있습니다."

개방의 의기를 빌린다.

이는 개방에게 정보를 얻고 싶다는 은어다.

"으웅? 뉘신데 본 방의 의기를 빌리고 싶다는 거요?"

거지는 자리에서 일어나서는 허리를 펴고 앉는다.

상대가 강호인이면 아무리 개방이라고는 해도 무례하게 대할 수는 없었다.

상대가 강해서 그런 건 아니고, 강호인 대 강호인으로서의 예의를 지키지 않으면 개방의 평판이 떨어지기 때문이다.

"저는 이관현의 의원이신 진서님의 제자인 장호라고 합니다."

"장호? 이관현의 진가의방에 들어갔다던 그 의동? 으웅? 내가 알기로 열네 살이라고 했던 것 같던데?"

그걸 알아? 과연 개방이로군.

장호는 속으로 감탄했다.

그러나 정확한 최근 정보는 아직 없는 모양이었다.

"제가 꽤 빨리 컸죠."

"열네 살인 것은 맞는 거요?"

"맞습니다."

"허, 뭐야. 그럼 아직 애라는 거 아냐?"

그는 장호가 나이를 밝히자 말을 탁 하고 놓아버렸다.

그리고는 어이없다는 표정을 지으며 장호를 올려다보았다.

"너 정말 열네 살이야?"

"그렇습니다."

"정말?"

"정말요."

"이야, 이 녀석 키가 얼마나 크려고? 야, 좀 앉아봐라."

"그러죠, 뭐."

장호는 흔쾌히 앉았다.

"뭐야, 너 무공 익혔어?"

"스승님께 배웠습니다."

"그렇구먼. 근데 무슨 일이야? 뭔데 여기까지 왔어?"

그의 돌변한 태도에 헛웃음이 나왔지만 장호는 그 웃

음은 감추고 해야 할 말을 하기 시작했다.

"진선표국의 표사 백여 명이 참여한 표행이 털리고 진선표국의 표사 중 팔십여 명이 사망했거든요. 그들 중 생존자가 제가 사는 이관의 의방에 왔죠. 이 소식은 들으셨나요?"

"뭐라고?"

그가 놀라서는 두 눈을 번쩍 떴다.

"자세히 말해봐라."

장호는 이관에서 있었던 일을 말해주었다.

추격대가 왔다는 이야기만 쏙 빼놓은 채로 말이다.

왜냐면 추격대를 죽인 것이 장호이니까 그 부분을 설명하기 싫었던 탓이다.

"으음!"

"이관에서 현청의 말을 빌려서 사람이 떠났는데, 그게 진선표국에 알려지지 않았다면 중간에 그가 잡혀서 죽었다는 거겠군? 그렇군, 그래. 그래서 장가 소형제, 자네는 어떻게 태원에 왔지?"

"전 따로 출발했죠. 금련표국에 아는 분이 있어서 도움을 요청할까 했거든요."

"도움?"

"조청산 대협이라고, 그분과 아는 사이라서요."

"조청산? 분광검 조청산?"

"예, 그분이요."

장호는 자기가 원하는 대로 말해주는 개방도를 보며 미소를 지어 보였다.

『의원귀환』3권에 계속…

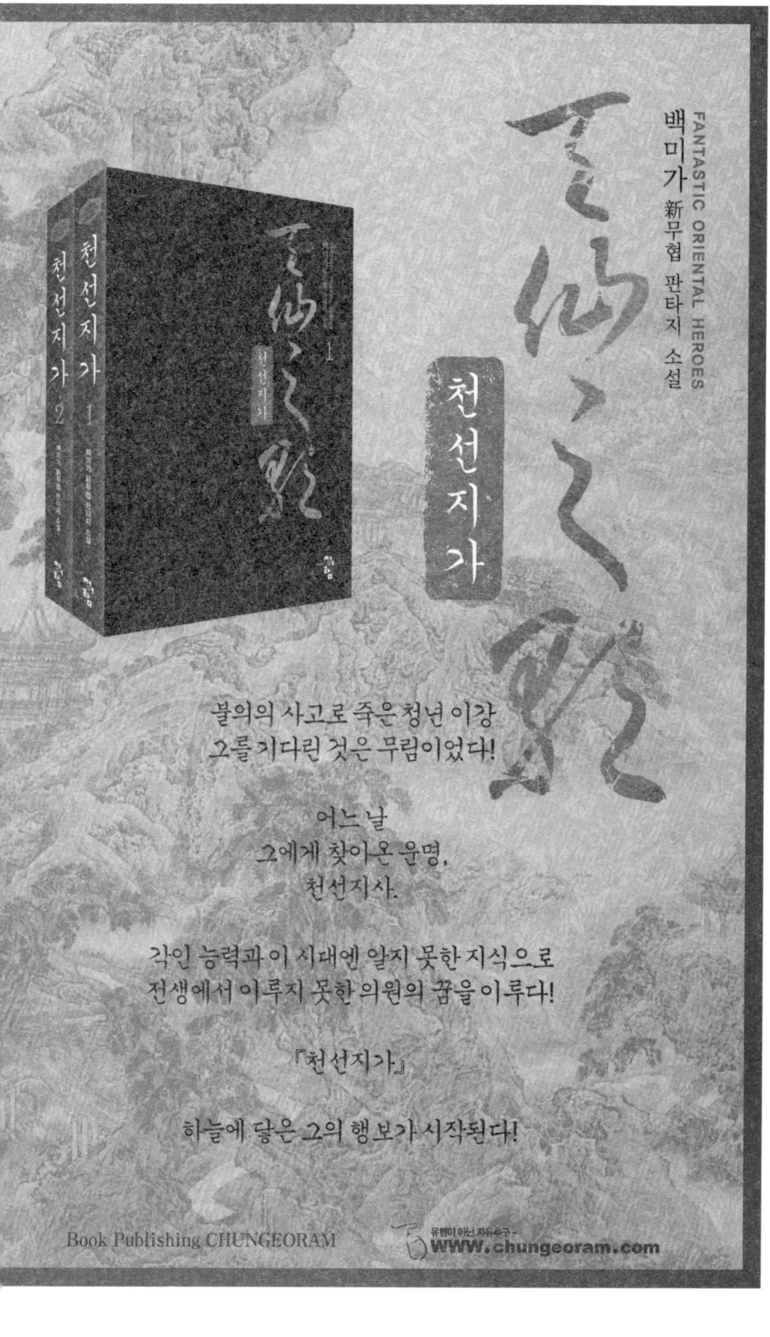
FANTASTIC ORIENTAL HEROES
백미가 新무협 판타지 소설
천선지가
천선지가 1
천선지가 2
불의의 사고로 죽은 청년 이강
그를 기다린 것은 무림이었다!
어느 날
그에게 찾아온 운명,
천선지사.
각인 능력과 이 시대엔 알지 못한 지식으로
전생에서 이루지 못한 의원의 꿈을 이루다!
『천선지가』
하늘에 닿은 그의 행보가 시작된다!
Book Publishing CHUNGEORAM
WWW.chungeoram.com